小学館文庫

十津川警部

仙山線〈秘境駅〉の少女

西村京太郎

JN054598

小学館

十津川警部　仙山線〈秘境駅〉の少女

装丁　盛川和洋
カバー写真　アフロ

目次

第一章

最後の偉業

1

警視庁捜査一課の十津川《とつがわ》警部は突然、上司の三上《みかみ》本部長に呼ばれた。

「堀友一郎《ほりゆういちろう》という男を知っているか？」

部長がきいた。

「もちろん、知っています。確か、カップルの男女を殺して、無期懲役を宣告された男ではありませんか。しかし、あれは横浜で起きた事件ですから、私とは関係ありません」

十津川が答えた。

「彼は現在、網走《あばしり》刑務所に入っている。十五年間、模範囚として勤めてきたが、肺ガンを発症して現在、病院にいる。医者の話では、ガンは進行していて助からないだろう。あと何日かの余命ではないかと思われるということで、刑務官が彼に、誰か会いたい人がいないかきいたところ、なぜか警視庁の十津川警部に会いたいといっているというんだ。それで、君を堀友一郎に会いに行かせることにした」

「それは、何かの間違いではありませんか」

と、十津川は続けて、

「今も申し上げたとおり、あの事件は横浜市内で起きた事件で、私には関係ありません」

「確かにそうなんだが、何故《なぜ》か堀友一郎は君に会いたがっているんだ」

「あの事件は、神奈川県警の管轄ですから、県警の担当刑事と間違えているんじゃありませんか」

と、十津川は繰り返した。

「しかしね、とにかく相手は警視庁捜査一課の十津川という刑事に会いたいといっているんだ」

翌日、十津川は念の為《ため》に亀井《かめい》刑事を連れて空路女満別《めまんべつ》空港へ飛び、それから網走へ向かった。

正確にいえば、網走刑務所の中にある病院へである。最近、受刑者に老人が多くなってから、併設されている病院に入院患者が多くなった、といわれている。肺ガンの堀友一郎は個室に入っていた。

十津川が、ドアを開けた時、堀はベッドに寝ていた。布団をかぶって顔だけ出していたが、それでも、この男が衰弱していることがわかった。とても、六十歳には見えなかった。ただ、十津川と亀井刑事が入っていくとその痩《や》せた顔に、微笑が浮かんだ。

「やっと、来てくれたね」

と、低い声でいった。

「なぜ、私を呼んだのかな？　私は君とは関わりはないはずだが」

と十津川がいうと、堀は笑って、

「十五年前だよ」

といった。

「私は、君に会っている。君が、刑事になったばかりの時だ」

といった。

十津川は、現在四十歳である。十五年前といえば、二十五歳。確かに堀のいうとおり、刑事になったばかりだった。

黙っていると、堀が言葉を続けた。

「私はその時、四十五歳だった。酔っ払ってパトカーを盗み、青山通りを走り回っていたんだが、電柱に衝突し、パトカーから投げ出された。結局、私は捕まったんだが、その時君に会ったんだ。まだ若々しくて、かなり緊張していたが、怪我《けが》をした私に向かって、怒鳴りつけるのではなく、大丈夫かと声を掛けてくれ、それから救急車を呼んでくれた。病院できいたら、君の名前を教えてくれた。その時だけの関係だったが、その後、私はまっしぐらに悪の世界に落ち込んでいった。だが、君の名前だけはその間も、忘れなかった」

と、堀友一郎はいう。その言葉で、十津川はやっと、十五年前の事件を思い出した。確かにそんなことがあった。しかし、あの時の犯人の顔も名前も、忘れていた。

「それだけで、私を呼んだのかね？」

「私は間もなく死ぬらしい。医者がいった。そこで、誰か会いたい人はいるか、何か食べたい物はあるか、手紙を書きたい者はいるかと刑務官にいわれた。私は正直にいえば、十五年間方々の刑務所に入っていて、身寄りもないし、友人もいない。この病状では動くこともできない。そこで君のことを思い出した。そうしたら、君に頼みたいことがあることに気がついた」

「どんなことだ？」

と、十津川がきいた。

「仙山線《せんざん》ということを知っているか」

「乗ったことはないが、仙台と山形を結ぶ鉄道だということは知っている。確か途中に仙台の奥座敷といわれる、作並《さくなみ》温泉があるはずだ」

「その仙山線だ。その中に、八ツ森《やつもり》という駅がある。仙台から数えて十三番目の駅で、作並の次の駅だ。駅舎の中に売店がある。そこへ行って、めぐみちゃんという女性を捜してほしいんだ。『愛』という字を書いて、『めぐみ』と読む。十五年前、十五歳だったから、今は三十歳になっている。その愛ちゃんを見つけてこの写真を渡してもらいたい」

そういって、堀は一枚の写真を十津川に渡した。

「それは、私が肺ガンになっていつ死ぬかわからないというので、ここで写真を撮ってもらった、その一枚だ。写真を撮る前に理髪店に行き、髭《ひげ》を剃《そ》ってもらったが、病人の顔だな。それでも、愛ちゃんに渡してもらいたい」

堀友一郎がいった。

小さな写真立てに入った写真である。確かに理髪店に行ったばかりという顔だが、本人のいうとおり、病人の顔である。

「これを、愛ちゃんという女性を捜して渡せばいいんだな?」

「そうだ。死ぬ間際の頼みと思って、引き受けてほしい」

「その女性とは、どんな関係なんだ?」

と、同行した亀井が、きいた。

「それはいえない。彼女が困ったことになるかもしれないからだよ」

と、堀友一郎がいった。

「仙山線の中の八ツ森という駅だな。どんな駅だ？」

と、十津川がきいた。

「私がその駅に行った頃は、無人駅だった。しかし、仙山線の快速が止まっていた。小さいが、良い駅だよ。私が行ったのは十一月だが、紅葉が綺麗《きれい》だった。もう一度行きたいのだが、今の病状ではもう無理だろう。とにかく愛ちゃんを捜して、この写真を渡してくれればいいんだ。他に何の希望もない」

堀友一郎はそういってから、急に、激しく咳《せ》き込み、慌てて医者と看護師が、飛び込んできた。

それを潮に、十津川と亀井は病室を後にした。

2

十津川が刑務官にきくと、間違いなくその小さな写真は、堀友一郎が、さっぱりした格好で最後の写真を撮りたい、その写真を渡したい人がいるからといって、撮った写真だという。写真立ては堀が手作りしている。

確かに、堀友一郎の言葉に嘘《うそ》はないように見える。しかし、彼が十津川にいった「愛ちゃん」については、彼女との関係を堀友一郎が全く喋《しやべ》らないので、どんな女性かわからないと刑務官はいった。

「病状は、間違いなく悪いんですか？」

ときくと、

「医者は、いつ亡くなっても不思議はない、といっています」

と、十津川に答えてから、

「そうでなければ、わざわざ警視庁から十津川さんを呼んだりはしませんよ」

と、刑務官が続けた。


十津川と亀井は、一旦東京に戻って、三上に報告した。

「できればすぐ仙台に行き、仙山線に乗って堀友一郎のいった愛ちゃんを捜したいと思っています」

と、十津川がいった。

今度は、ひとりで十月二日に東北新幹線で仙台に向かった。

十月二日。東京にはまだ秋の気配がうすかったが、仙台に着くとこちらの方は、樹木は色づき秋色が濃かった。

仙山線の窓口に行き、八ツ森までの切符を買おうとすると、驚いたことにその駅名が消されていた。時刻表にも載っていないのだ。

駅員にきくと、

「仙山線には、かつて臨時駅が二つありました。今、十津川さんの言われた八ツ森と、西仙台ハイランドという臨時の駅があったんですが、廃止されました。間もなく、駅自体、ホームも全《すべ》て取り壊されるはずです」

と、駅員が、いった。

「昔は、快速も止まったと聞きましたが」

「確かに、十二、三年前までは、快速も止まりました。時刻表にはどちらの駅も臨時の停車場として名前が載っていたんですが、最近は乗降者がいなくなりまして、駅自体が廃止されることとなりました。ですから、時刻表にも、載っていないんです」

「十五年前ですが、この八ツ森の駅舎に、売店があったと聞いたんですが、そういうものがありましたか？」

「それは初耳ですね。八ツ森駅に売店があったという話は、聞いたことがありません。私は、十年間仙台駅の駅員をやっていて、仙山線にもよく乗っていますが」

と、相手は、首を傾《かし》げてしまった。

しかし、肝心の八ツ森駅が廃止され、仙山線の列車が止まらないのであれば、どう行けばいいのかわからない。そこで、作並までの切符を買い、そこで降りて八ツ森駅まで歩くことにした。

十津川は、八ツ森駅が廃止された話を聞いて、仙山線そのものが地方鉄道で、せいぜい二両編成、ほとんど乗客が乗っていないような光景を頭に描いていたのだが、それは全く、違っていた。何といっても東北第一の都市、仙台から山形の県庁所在地までの間を繋《つな》ぐ仙山線である。その周辺が、完全に仙台のベッドタウンになっていた。

仙台には、学校や会社が集まっている。自然に仙山線の周辺がベッドタウン化したのだろう。一両か二両の短い編成ではなくて、この日、十津川が乗った列車は六両編成で、学校の終わった時刻だったせいか、車内は学生で混雑していた。

それに、山形に向かい、停車する駅は真新しい駅が多い。ベッドタウン化した所に、新しい駅が造られていったのだろう。

そのため、仙山線の途中の駅が無人駅で、取り壊されるという話が信じられなかった。しかし、作並に近付くにつれて列車は、次第に山の中に入っていく。トンネルも多くなる。無人駅の一つが消えていくことも、何となく納得できるような気がしているうちに、作並に着いた。

十津川が、そこで降りてから案内所で、

「八ツ森駅を見に行きたいんですが、どんなルートがありますか？」

ときいていると、同じ列車で降りた四十代くらいの男が、

「八ツ森に行かれるんですか？」

と、声を掛けてきた。リュックサックを背負って、登山靴を履いている。十津川が頷《うなず》くと、

「私がご案内しますよ。私は、前に一度来たことがあるから」

と、いってくれた。それならこの男についていった方が、簡単かもしれない。そう思って、

「私は、初めてなので案内頼みますよ」

と、いった。

普通に考えれば、次の八ツ森まで、レール沿いを歩けば早いのだが、男は、

「レール沿いに道はありません。まず、ここでタクシーを拾って途中まで行き、そこからは歩く。これが一番の早道ですよ」

男は持って来た地図を広げて、そのルートを十津川に説明するのだ。

「とにかく、八ツ森駅の周辺は全くの山の中ですから、一人で歩くのは危険かもしれませんよ。熊が出るそうですから」

といった。嘘か本当かはわからない。とにかく、その男にしたがって、作並駅でタクシーを拾い、ニッカウヰスキーの仙台工場の前まで行き、そのあと、八ツ森の駅まで、歩くことにした。

確かに男のいうとおり、周辺は山である。道はあるが舗装されていないところもある。これでは、八ツ森までタクシーで行くのは無理だろう。

山道を歩きだすと、十月なのに十津川の顔に汗が噴き出してきた。連れの男は、そんな山道に慣れているようで、

「どうして八ツ森駅に行かれるんですか？」

と、歩きながら話しかけてきた。

「いや、友人にいわれて面白い駅だと思って行く気になったんです」

と、十津川は、答えておいた。

「あなたはどうなんです？」

と、きき返すと、

「八ツ森駅は典型的なひきょう駅なんですよ」

という。

「ひきょう駅？」

と、その字が浮かばずきき返すと、

「今流行《はや》りの、秘湯と同じです」

男は宙に「秘境駅」と書いてみせた。

「しかし、行っても何もないでしょう？　そんな駅に行く人がいるんですか？」

「鉄道マニアには色んな人がいましてね。無人駅ばかり乗り降りして楽しんでいる人もいれば、私みたいに山の中あるいは海岸線など、誰も行かないような、秘境といわれる場所にある駅を探して歩くマニアもいるんです。そんなマニアの中で八ツ森駅は人気がありましてね。人気投票をすると、いつも五、六番目に入るんですよ」

「しかし、八ツ森駅は取り壊されるそうじゃありませんか」

「そうですよ。とうとうその時が来たか、と思いますね。最近は全く列車が止まりませんでしたからね。とうとう消えるか、そう思って写真を撮りたくて行くことにしたんです」

と、男はいった。
二、三十分も歩いただろうか。山の中に突然、駅らしいものが現れた。男のいう秘境駅、八ツ森駅である。
何年も乗客が乗り降りする事はなかったのだろう。駅のホームも傷んでいた。男は熊が出るといったが、確かに「熊に注意」の看板が出ていた。

男はホームに上がると、しきりに写真を撮っていた。この男のようなマニアは、なくなると聞くと、その写真を撮りにわざわざ秘境駅までやってくるのだろう。十津川も、駅の周辺を歩き、持ってきたカメラで写真を撮りまくった。しかし、堀友一郎のいっていた売店のあった駅舎が見つからないのである。

ホームに待合室はあるが、他にそれらしき物は見当たらない。

「駅舎が見当たりませんね？」

と、男にきくと、

「そんな物は昔からありませんよ」

と、そっけなく答えた。

「しかし、十年以上前は快速が止まると聞きましたが」

「そうですね。十二、三年前までの紅葉の季節には紅葉を見るための快速列車が走っていて、この駅にも一日一回か二回、止まっていたんですが、今は全く列車は、止まりません」

「この周辺に、人が住んでいる所はありませんか？」

「さっき、ニッカウヰスキーの仙台工場があったでしょう。あの近くに小さな集落があるんですが、そこからここまでは、歩くのが大変だから誰も住んでいませんね。だから、自然に列車も止まらなくなる。そして、駅がなくなる。そういうことですね。それが、秘境駅の宿命みたいなものですよ」

と、男は何故か楽しそうにいい、またホームから離れて写真を撮り続けている。

十津川は、歩き疲れて壊れかけたホームにじかに腰を下ろし、東京の三上本部長に電話をした。

「現在、堀友一郎のいった八ツ森駅に来ていますが、列車は全く止まりません。ホームは壊れかけていて、間もなく駅そのものが取り壊されるそうです」

「堀友一郎のいった女性は見つかりそうか?」

と、三上がきいた。

「難しそうです。駅は壊れているし、周辺に家は全くありません。堀は、十五年前に駅舎に売店があったというんですが、駅舎そのものがありません。以前から、駅舎はなかったそうです」

「そうなると、堀友一郎が嘘をついているのか」

「そう思うより仕方がありませんが、今日と明日、駅の周辺を調べてみます」

十津川は答えて電話を切った。

男が、ホームに戻ってきた。

「人が乗り降りしないと、かくも酷《ひど》く駅が荒れ果てるものかとびっくりしましたね。やはり、人間が駅を造るんですよ」

という。

「ここに、二度目だといわれましたね?」

「そうです。一か月前に来ました。もちろんその時も列車は止まらないし、人の気配はありませんでしたね」

「確か、ニッカウヰスキーの仙台工場辺りまで行けば、小さな集落があるとか……」

「そうですが、あそこの人たちはこの八ツ森駅は使いませんよ。駅を使うとすれば作並です。それに、大抵の人が車を使うんじゃありませんかね」

「十五年前の話ですが、この駅の近くに誰かが住んでいた、そんなことはなかったでしょうか？」

「秘境駅マニアの仲間の話ですと、当時もこの駅の周辺には家がなくて、人も住んでいないといわれていました。さっきもいったように、紅葉の時だけ観光客が来る。それだけの駅ですよ」

「それではあなたは、夜になったら一旦、作並温泉か、仙台に戻るんですか？」

「いや、テントを用意してきましたから。この近くで寝ることにします。テントはかなり大きいですから、あなたも入れますよ。歓迎しますよ」

と、いってくれた。十津川にはその用意はない。近くの狭い空き地に移動した男は、黙々とテントを張り、夕食のためのバーベキューの支度を始めた。

「食料も余分に持ってきましたから、一緒に食べましょうよ」

とも、いってくれた。焼き肉が主体の夕食である。十津川が感心したのは、生活用具をきちんとリュックに詰めて持ってきていることだった。

男がいったように、広いテントなので、十津川も一緒に今夜は寝かせてもらうことにした。

夕食の焼き肉には、男の持参した携帯コンロが使われていたが、水の方は近くの山の中に入っていって、湧き水を、探さなければならなかった。男は結構、山の中を歩いていったりしたが、十津川の方は、これからどうしたらいいか、迷っていた。

3

「東北の仙台と山形を結ぶ『仙山線』の八ツ森駅で、愛《めぐみ》という女性を捜し、写真を渡してほしい」

網走刑務所で末期の肺ガンに冒された、無期懲役囚堀友一郎から、突然の依頼を受けた十津川警部は、現地にやってきた。しかし、八ツ森駅は廃駅となり、途方に暮れているところ、秘境駅マニアの男と出会い、旧八ツ森駅の近くで、男のテントに泊まる羽目《はめ》になった。

十五年前に堀友一郎が出会っていたという「愛ちゃん」を捜さなければならないのだが、この様子では、どこから捜していいのかわからない。夕食の後、テントに

入ってから、

「あなたはさきほど、お友達にきいて、八ツ森の駅に来たといっていましたね」

ときかれて、

「実は、人捜しなんですよ。それも、私の人捜しではなくて、友達の人捜しでしてね。病気の友人が、十五年前にこの八ツ森駅で出会ったという女性を捜しているんです。名前は愛ちゃんとしか、わかりません。その人への預り物を頼まれましてね。今は三十代になっている女性を捜さなければならないんですが、ここにきて少しばかり自信がなくなりました。周辺に家は、全くないし、人がこの無人駅に来る気配もありませんからね」

「十五年前の女性ですか」

「そうなんです。友人がいうには、その頃は快速列車も止まっていたし、駅舎に売店もあった。たぶんその売店で働いていた女性ではないかと思うんですが」

「しかし、この八ツ森駅に、駅舎があったことはないし、売店があった話も、聞いてませんね」

「そうですか。となると、どこを捜したらいいか、ますますわからなくなりました」

「そのお友達のいうことは、確かなんですか？　間違いなく、この八ツ森駅に駅舎があって、その中に売店があったと、そういっているんですか？」

「そうですよ」

「しかし、私は秘境駅マニアになって古いし、この仙山線に昔、何回か乗っているんですが、この八ツ森駅に駅舎があったって話は聞いてませんがね」

「駅舎を、臨時に造ったってことはありませんか。確か、紅葉の季節には快速も、一日一、二回止まったということですが」

「そうですよ。何のために造られたのかもよくわからない駅なんです。国鉄時代に造られてJRがそれを引き継いで、経営してきたわけですが、私たち秘境駅マニアはいうんです。『この八ツ森駅は何のために造ったのか、全くわからない』。周辺の紅葉を楽しむために造ったらしいとしか考えられませんが。それならば別に、この駅で降りずに、隣の作並で降りればいいんです。だから、近く壊されるのも仕方がないなと我々マニアは思っています」

「やはり自信がなくなりました」

十津川が笑うと、男は仙山線の周辺の地図を広げて懐中電灯で、照らしながら、

「愛ちゃんといいましたね、その女性の名前——」

「そうです。友人は十五年前に会ったらしいんです」

「仙山線には、『愛子』と書いた駅があるんです。正確な読みは『あやし』です。〝あいこ〟と書くので、仙山線に乗ったことのない人は、人の名前だと思ってしまうようですが、お友達がいったのは、人の名前ではなくて駅のことじゃないんですか？」

と、男がきく。

「確かに、そんな名前の駅があることを、ここへ来て思い出しました。しかし、友達が駅名と間違えたとは思えませんね。そういう人間じゃありませんから」

と、十津川はいった。

確かに、鉄道ファンの間では仙山線の愛子という駅は有名らしい。今日、作並まで仙山線に乗ってきて、途中に愛子という駅があることも確認した。

「確かに私も、愛子駅は確認しました。確か皇太子夫妻のお子さんと字が同じなので評判になった駅でしょう？」

「そうですよ。よく知られた駅です」

「他に、仙山線は、どんなことで有名なんですか？」

十津川がきいた。

「そうですね。今いった愛子駅もありますがその他、仙山線の名物といえば、芭《ば》蕉《しよう》の句で有名な山寺、正確には立石寺《りつしやくじ》がありますし、それから、形としては、東北の短い鉄道ですが、仙台と山形を結ぶ路線なんで、東北では幹線鉄道として認められています。日本で最初に仙台、作並間を交流区間に変えたことでも有名です。昔は、直流区間と交流区間がありましたが、今は全線交流区間になっていて、スムーズに列車が走っています」

と、男が教えてくれた。

そのあと、十津川は熟睡ができず朝早く目を覚ましてしまった。朝食は、男が用意してきたコーヒーと食パンに、バターとジャムを塗って食べることになった。

十津川が、これから人捜しをするというと男は、二枚用意してきた周辺の地図の一枚を、気前よく十津川にくれた。とにかく初めての八ツ森である。地図はありがたかった。

もう一日、八ツ森駅の最後の写真を撮るという男と別れて、十津川はまず、駅に一番近い集落を目指して行ってみることにした。

男がくれた地図を見てみる。確かに八ツ森駅の近くには、集落は全く見つからない。ここに来る途中にあった、ニッカウヰスキーの仙台工場、その周辺には小さな集落があった。それともう一つ、地図にあるのは、作並小学校新川分校の文字だった。

作並と、この八ツ森駅の間に分校と、その学校を囲むように小さな集落が書かれている。どちらも二、三十分は歩く必要がありそうだった。

もう一つ、十津川が考えたのは、仙山線の線路伝いに歩くことである。初めての山の中の道は迷ってしまいそうだが、レールの上なら迷うことはないだろう。

そう考えたのだが、しかし、線路内に立ち入ることはできないし、途中には、この仙山線で一番長いといわれているトンネルがあり、下手をすると電車に轢《ひ》かれてしまうかもしれない。そのうえ、駅のホームに「熊に注意」と書かれていたのも、十津川を躊躇《ちゆうちよ》させた。だから、男もタクシーを呼んだのだろう。

そこで、昨日来た道を作並温泉に向かって歩いてみることにした。まず昨日通った道をニッカウヰスキー仙台工場に向かって、歩き出した。

とにかく、山の中の道である。快晴で、日差しはかなり強い。汗かきの十津川は、ハンカチで額の汗を拭《ふ》きながら歩いた。途中まで来ると、作並小学校新川分校の立て札が見えた。十津川は、ウヰスキー工場に行く前に、その案内板に従って分校の方に歩いていった。

八ツ森駅から既に、三十分近く山道を歩いている。前方に五、六軒の家が見えてきた。そこで十津川は、そこに住む人々に愛ちゃんなる女性について、きいてみることにした。

「十五年前に八ツ森駅の周辺に住んでいた女性です。本名かどうかはわかりませんが、愛ちゃんと呼ばれていました。現在は三十歳のはずです。そんな女性がこの辺りに住んではいませんか」

と、一軒一軒、回って歩いた。

しかし、どの家でも、愛ちゃんなる女性は知らないといわれてしまった。小さい集落である。嘘をついているとは思えなかった。とすれば、十五年前にこの集落に住んでいた女性ではないのだ。

今度は、ニッカウヰスキー仙台工場に向かった。この工場の周りに家が集まっている。十津川は、ここでは工場に行き、そこで愛ちゃんのことをきいてみることにした。たぶん、この辺りに住む人々はこの工場で働いているに違いないと思ったからである。しかし、現在三十歳の愛ちゃんなる女性のことは、

「全く知りません」

といわれてしまった。仕方なく十津川は、作並駅に向かって歩き、その途中に家

があると一軒ずつ、十五年前の愛ちゃんという女性についてきいてまわったが、どの家でも愛ちゃんなる女性は知らないという答えがはね返ってきた。

空《むな》しい答えしかないまま作並駅に着いてしまった。そこで今度はタクシーを拾い、作並温泉に行ってみた。仙台の奥座敷といわれるだけに、大きな温泉街である。

仙山線作並駅から車でやってくる客もいれば、長距離バスでやってくる客もいる。十津川は、今度は作並温泉にあるホテルにチェックインし、温泉街にある派出所で、そこにいた巡査長にこちらの警察手帳を見せて、愛ちゃんについてきいてみた。巡査長も、あの男と同じように愛子という駅の間違いではないかといった後、熱心に愛ちゃん捜しを手伝ってくれた。住民名簿を調べてくれたり、ホテルや旅館に電話して十五年前の泊まり客の中に、愛ちゃんという客がいなかったかどうか、それを一軒一軒あたってみてくれたのである。

しかし、それらしい泊まり客があったという話も出てこなかった。

翌日、十津川は、ホテルで朝食を済ませた後、今度は仙山線という鉄道について調べてみることにした。堀友一郎が、死を目前にして、仙山線の名前を口にし、仙山線八ツ森駅のことを話していたからである。ひょっとすると、仙山線のどこかの駅に、愛ちゃんなる女性駅員がいたのではないか。それを、堀友一郎は覚えていたのではないか。そんなふうに、考えたからである。

そこでまず仙台駅に戻り、仙山線の駅事務所に行って、そこでも警察手帳を見せて、仙山線の職員の中に、十五年前に、愛ちゃんと呼ばれていた女性がいないかどうかをきいてまわった。しかし、ここでも愛ちゃんなる女性は、見つからなかった。それに、明日から仙山線にある、八ツ森駅のホームを撤去する作業に入るといわれてしまった。

一応、昨日八ツ森駅の写真を撮りまくったが、完全に駅がなくなってしまうと、その後疑問が見つかっても調べることが難しくなると思って、翌日、十津川は、急いで八ツ森駅に、もう一度引き返してみた。が、駅の取り壊し作業は、すでに始まっていた。

現場には、仙山線の駅事務所で会った駅員も、作業を見守りに来ていた。十津川が作業を見ていると、その駅員の方から声を掛けてきた。

「昨日お会いした、警視庁の方ですね。あれから、愛ちゃんなる女性は、見つかりましたか？」

と、きいた。

「残念ながら、まだ見つかりません。とにかく、その女性と仙山線のこの八ツ森駅とが、関係がありそうなので、来てみたんです。この駅が消えてしまうと、なおさら彼女を見つけるのは難しくなりそうです」

と、十津川はいった。

「確かに、そのおそれはありますね」

「実は友人は、この八ツ森駅に駅舎があってその駅舎の中に売店があったといっているんです。ひょっとすると、その売店で働いていたのが愛ちゃんではないか。そんなふうにも考えているんですが。この駅には、最初から駅舎というものがなかったんですか？」

十津川がきいた。

「駅舎はありませんでした。したがって、売店もありません」

と、駅員がいう。

「この駅は臨時の停車駅だったそうですね？」

「そのとおりです。利用客が減ってからは、紅葉の季節だけ列車が止まるようになっていました。いってみれば、紅葉見物のための駅みたいなものです」

「その時に臨時の駅舎を造り、売店を造ったんじゃありませんか。紅葉見物の観光客のためにです」

十津川がいうと、駅員が笑って、

「そんな余計なことはしませんよ」

と、いわれてしまった。

それでもなお十津川は堀友一郎の言葉に引っかかっていた。即製のオモチャのような、小さな駅舎なら、一日で造れるのではないだろうか。とすれば、その中に売店も、造ることができる。そんなサービスがあって、何も知らない堀友一郎はそれが本物の駅舎であり、売店であると思ったのではないだろうか。

しかし、考えている途中で十津川は、馬鹿らしくなってしまった。そんな仕掛けを造れるような人間がいたとは思えないからである。まさか、それを考えた人間は、当時四十五歳だった堀友一郎を騙《だま》すために、そのプレハブのような駅舎を造り、その中に売店を造ったというわけでもないだろう。

ほとんどの期間、電車の止まらない無人駅だ。従って、乗客に邪魔されないうちにプレハブのような駅舎を造ることは可能だった。しかし、そうなると、なぜそんなことをしたのかが、わからなくなってくるのだ。

とにかく、堀友一郎は若い男女のカップルを殺した犯人である。その時の調書を神奈川県警で見せてもらったのだが、逮捕された堀友一郎は、金が欲しくて偶然出会ったカップルを殺して三万円を手に入れたが、すぐ使ってしまったと話している。愛ちゃんなる女性は調書には出てこない。

堀友一郎がいう愛ちゃんは、彼の殺人に何らかの関係があるのかもしれない。プレハブのような駅舎の中にあった売店で働いていた女性かもしれない。しかし、いずれにしろ堀友一郎の知り合いではなかったろうし、彼の殺人に関わったとしたらそれも偶然に違いない。

そんな、偶然の産物のような女性を見つけるのは、難しいのが当然かもしれないのだ。

もう一度、写真を撮るために八ツ森駅まで来たのだが、例の鉄道マニアの男が、少し離れた森の中にテントを張っていた。彼も、取り壊し作業が始まっている駅に、カメラを持ってやってきた。

男は十津川を見つけて、向こうから手を挙げた。

「あなたも、この駅の最後を写真に撮りに来たんですね」

と、男がいった。

「そんなところですが、どうしても捜している女性が見つからなくて、困っています」

と、十津川は、正直にいった。

「こんな山の中の駅ですからね。その、愛ちゃんという女性が、この駅の近くに住んでいたら、もうどこか、とっくに引っ越していますよ。この駅の近くでは暮らしていけませんから」

と、男は冷たいことをいった。

「それで、愛ちゃんは、地元の人間ではないのではないかと、考えるようになりました」

と、十津川がいった。

「それでは、旅行か何かでこの八ツ森に来た女性ということですか?」

「そうです。その時、彼女は十五歳だったと思うのですが、最近は女性の鉄道マニアも多くなったんじゃありませんか。そう聞いているんですが」

「そうです。若い女性の鉄道マニアも増えました」

「それで愛ちゃんは地元の女性ではなくて、鉄道マニアの女性で、たまたまこの八ツ森駅で私の友人と出会ったんじゃないか。そんな形での知り合いですから、この周辺をいくら捜しても見つからないんだ、と思うようになってきています」

「それなら、私も役に立てるかもしれませんよ」

と、男は笑顔になって、

「私と同じように鉄道マニアで、秘境駅の写真を撮りまくっている、列車が通過してしまうような駅に興味を持って、カメラ片手に日本中の鉄道を乗りまくっている、そんな女性かもしれませんね」

「今、あなたのお仲間には、女性は、何人いるんですか？」

「一か月に一回ぐらい一緒に旅行する仲間は、せいぜい、十人前後ですが、鉄道雑誌への投書や旅行の途中で会った女性の鉄道マニアを入れると、五十人以上はいるんですよ。その中にあなたの捜している方がいるかどうか」

そういって、男は、自分の属している仲間の名簿をわざわざ見せてくれた。確かにずらりと名前が並んでいる。それも、整理して都道府県別になっている名簿だった。しかしその中に、「愛」という名前は見当たらなかった。

十津川は男と一旦、作並まで戻り、いよいよ別れる時、初めて男が名刺をくれた。その名刺には、

「秘境駅探索クラブ　会員」

とあって、住所は東京だった。名前は小林雄作《こばやしゆうさく》。

「秘境駅を訪ね回っている間に、四十歳になりました。そのため、結婚はまだしていません」

と、男は笑った。

十津川も、名刺を渡してから、

「これからも、愛ちゃん捜しをするんですが、何かわかったら、教えてください」

といって別れた。小林は、山形に出て、次は、北陸の秘境駅を探して歩くのだといっていた。

十津川は、東京へ戻り、三上本部長に八ツ森駅のこと、それから愛ちゃんなる女性は見つからなかったことなど、報告した。

「残念ですが、網走刑務所の堀友一郎にも、このことを伝えなければなりません」

十津川は堀には、電話で知らせることにした。

刑務所内の病院に電話をする。電話に出た病院の事務局長に、堀友一郎に伝えてほしいというと、相手がいった。

「本日早朝、堀友一郎は肺ガンのため、亡くなりました」

堀が死んでしまったので、愛ちゃん捜しは中止になったが、なぜか亡くなった堀友一郎のこと、彼から写真を渡すよう頼まれた愛ちゃんのことなどがしばらくの間、十津川の脳裏を離れなかった。

十津川が、何とか忘れることができたのは、東京都内で殺人事件が発生し、その事件を担当したからだった。

簡単だが、酷い事件だった。最近、よく起きるような事件である。二十五歳の男が人生がつまらないといって、トラックを盗み出して、それを使って、五人の人間を殺傷してしまった。

犯人の男は、別の車を、現場で盗んで逃走した。そこで、この事件の捜査を十津川が担当したのである。酷い事件だが、犯人の逮捕は簡単と、十津川は思った。

犯人が、数人の男女を殺傷した現場には、かなりの数の監視カメラがつけられていたからである。そして思ったとおり、監視カメラに事件の顚末《てんまつ》が、写っていた。トラックを盗み、普通車を奪って逃走した男の顔が監視カメラにはっきりと写っていたのである。

予想どおり、簡単に犯人は捕まり、そこで十津川のチームが、解散の事務処理を行っていたところに、小林雄作から、電話が掛かってきた。

「八ツ森駅で会った小林です」

といわれて、十津川の頭にはまた、網走刑務所で病死した堀友一郎のこと、あるいは八ツ森駅のこと、そして愛ちゃんなる女性の名前などが、一気に蘇《よみがえ》ってきた。

「愛ちゃんは見つかりましたか？」

と、小林は呑気《のんき》に電話できいた。そののんびりした声に、十津川もつい笑ってしまい、

「残念ながら、まだ見つかっていません。ただ、私に捜してくれと頼んだ友人が病気で亡くなりましたので、愛ちゃんを見つける必要がなくなって、少しホッとしています」

と、十津川が答えた。

「そうですか。愛ちゃんにはもう、用はありませんか」

「愛ちゃんが見つかったんですか？」

思わず十津川がきいた。

「いや、見つかっていませんが、愛ちゃんらしき女性の写真が手に入ったんですよ。私の仲間が北海道に行った時に撮った写真があるんですが、その中に、何となく刑

事さんがいった愛ちゃんじゃないかと思われる女性が写っていたんです。もしその写真が必要なら、これからそちらに行って、お渡ししますが」

といった。

「そうですね。一応見てみたいと思います」

と、十津川は、返事をした。

その翌日、小林雄作が車を運転して警視庁にやってきた。相変わらず、小さなリュックサックを背負い、カメラを持っている。靴も相変わらず登山靴である。

その小林が見せてくれたのは、二枚の写真だった。どちらにも、小さな駅と数人の男女が写っていた。誰も彼もがリュックサックを背負い、カメラを手にした格好だった。

「この写真は、私の友人が北海道で、釧路《くしろ》と網走の間を走っている釧網《せんもう》本線の中のいわゆる秘境駅、『五十石《ごじっこく》』という面白い名前の駅に行った時に撮った写真なんですよ。この駅も最近、廃駅になりました。そこに数人の秘境駅マニアが来ていて、一緒に撮った写真だそうです。この中に、ちょっと背の高い女性が写っているでしょう。彼女がひょっとすると、刑事さんが捜している愛ちゃんかもしれません」

と、いうのだ。

「どうして、そう思うんですか？」

十津川が聞いた。

「鉄道愛好家、鉄道マニアというか秘境駅の好きな連中というか、こういう連中はすぐ仲良くなるんですが、私の友人が話しかけた時、この背の高い女性が、十五年前に仙山線の例の八ツ森駅に行ったことがある、といったというんです。それに名前も、山中愛《やまなかめぐみ》といって、現在三十歳です」

と、小林がいった。

十津川は、その写真の女性を見つめた。果たしてこの女性が、堀友一郎の捜していた、愛ちゃんなのだろうか。しかし、肝心の堀友一郎が死んでしまった今となっては、

「そうですか」

と答えた十津川の声も、少しばかり元気がなかった。今さらという気が、どこかでしていたのだ。

小林は写真を置いて帰っていった。

十津川は三上にその写真を見せることにした。小林の話を伝えてから、

「この女性が、堀友一郎が話していた愛ちゃんかもしれませんが、肝心の堀が死ん

でしまったので、彼の写真をどうしたらいいでしょうか」

と、きいた。

「そうだな。しばらく君が預かっておいてくれないか。ひょっとすると、堀友一郎の知り合いが現れて愛ちゃんのことをきくかもしれない」

と、三上も気のない返事をした。

その日、十津川は家に帰り、妻の直子《なおこ》と夕食を囲みながらテレビを観《み》ていると、ニュースの中で、

「仙山線の臨時駅、八ツ森駅のホームがとうとう取り壊されて線路だけになりました。最近この駅は、全く使われていませんでした」

と、アナウンサーがいった。

第二章

京都の事件

1

十津川は、仙山線で撮ってきた八ツ森駅の写真と、亡くなった堀友一郎から預かった、ハガキ大の写真立てに入れた堀友一郎自身の写真、その二つを自分の机の上に置いて、しばらく眺めていた。

堀友一郎には、十五年前に仙山線の八ツ森という駅で会った愛《めぐみ》ちゃんを捜して、この写真を渡してくれと頼まれている。その本人はすでに亡くなっている。

何とかして堀友一郎のいった愛ちゃんを見つけて、この写真を渡さねばならないのだが、ここにきて少しばかり話がおかしいと思うようになった。

二人の男女を殺して逮捕され、無期刑を言い渡された堀友一郎。八ツ森駅で会った愛ちゃんが、よほど好きだったのか。自分の写真を粗末な写真立てに入れて、彼女に渡してくれと十津川に頼んで死んでいった。別にそのこと自体がおかしいと思った訳ではなかった。

堀友一郎は、無期刑と肺ガンによって、再び生きてシャバに戻れるとは思っていなかったに違いない。そんな男が、十五年前に好意を持った女に、自分の写真を渡してほしいと頼む。その気持ちが、わからない訳でもない。問題はその写真である。肺ガンの末期であることがよくわかる写真である。痩せ衰え、いってみれば死相が漂っているような写真なのだ。

そんな写真を、好きだった女に渡すだろうか。

十津川が堀友一郎の立場だったら、写真など渡さずに、何か別の物、記念になるような物を贈ることにするだろう。十五年間、模範囚として勤めてきた男である。それに対する金銭を、刑務所が払っている。

その金で、女性が喜ぶような記念品を買うこともできるはずだった。なぜ、そうしないのか？

どんな関係だった女性かはわからないが、こんな写真を貰《もら》っても、喜ぶとはとても思えなかった。

それなのに堀友一郎は、写真立てをこれも自分で作り、末期ガンの症状が窺《うかが》える写真を撮り、それを入れて十津川に、「愛ちゃんに渡してくれ」と頼んだのである。

亀井刑事がそばに寄ってきて、一緒に堀友一郎の写真に見入った。

「仙山線の問題の駅、『八ツ森駅』は、ＪＲが、解体したそうですね」

と、亀井がいう。

「そうなんだよ。昔は、紅葉の時には、快速も止まったらしい。しかし今は、完全な廃駅となっている。昔の時刻表を見ると、八ツ森駅の箇所に『臨時』の略で『臨』という文字が書いてあったんだが、先日一番新しい時刻表を見たら、八ツ森駅自体の名前が、無くなっていた」

と、十津川はいった。

「堀友一郎は、十五年前、その八ツ森駅には駅舎の中に、売店があったというんでしょう？　そこで堀友一郎は愛ちゃんに会った。そんな話でしたね」

「ところが駅員にきいてみると、八ツ森駅に、売店があったという事実はないというんだ」

「堀友一郎の記憶違い、ということになりますか？」

「かもしれないが、そうだとしたら、愛ちゃんという女性とは、どこで会ったんだろうね」

「秘境駅を訪ねて回る秘境駅のマニアがいて、彼は、友人が問題の愛ちゃんらしい女性を見かけたといってきたんじゃありませんか？」

「そうなんだよ。小林雄作という四十歳の男で、亀さんがいう『秘境駅探索クラブ』というマニアの会に入っていて、その友人が偶然、北海道で同じようなグループに会った時、問題の愛ちゃんらしき女性がいたといってきたんだ。これが、その写真だよ」

十津川は、小さな駅のホームにいる、数人の男女の写真を、亀井に見せた。

「この中で、少し背の高い女性が写っているだろう。彼女の名前が、山中愛というらしい。私たちが捜している愛ちゃんというのは、この女性じゃないかといってきたんだ。しかしそうだという証拠はない」

と、十津川はいった。

「もし、この女性が堀のいう愛ちゃんで、彼が生きていて、この写真を見たら、喜ぶでしょうね」

「ところが、堀友一郎は亡くなってしまったからね」

十津川は彼の写真が入っている手製の写真立てを亀井に見せて、

「堀友一郎は、死んでしまったから、永久に、彼の証言は聞けなくなった。したがって、愛ちゃんらしい女性が見つかっても、それが堀のいう愛ちゃんかどうかという証言は得られないんだ。それにだね、私が首を傾げてしまうのは、堀友一郎のこの写真なんだ。痩せて、死相が出ているような写真じゃないか。十五年前に好きだった女性がいたとしても、こんな写真を渡して彼女が喜ぶだろうか？」

「この女性、現在三十歳でしょう?」

「そうだよ」

「その年齢なら、喜ばないと思いますね。四十代、五十代ならば写真を送ってくれて、その後死んでしまった堀友一郎に『ありがとう』というかもしれませんが」

亀井は、はっきりいった。

「網走刑務所の看守長に電話をして、服役していた堀友一郎のことをきいてみたんだ。そうしたら、彼から愛ちゃんの話を、一度も聞いたことがないというんだよ。同じ頃、網走刑務所に入っていた服役者たちにもきいてもらったんだが、彼らも堀友一郎から愛ちゃんなる女性の話を聞いたことはないといっているというんだ。それで少しばかり、この話はおかしいんじゃないかと思い始めているんだ」

「八ツ森駅の売店のことも、ありますね」

「そうなんだよ。駅員に何回きいても、八ツ森駅には、売店はなかったという返事なんだ」

「その点でも、堀友一郎の記憶は曖昧《あいまい》ということになりますね」

「そんな年齢でもないんだがね」

と、十津川がいった。

「堀友一郎は亡くなった時、確か六十歳でしたね？」

「そうだよ」

「すると、十五年前というと、四十五歳ですね」

「そうだ。若くもないが、老人ともいえない。一般社会でいえば、働き盛りだね」

十津川は、堀友一郎の写真に目をやった。

「そう考えると、ひょっとしてですが、愛ちゃんというのは、堀友一郎がどこかの女との間に作った子供じゃありませんか？」

と、亀井がいう。

「確かにそういう想像もできないことはない」

「むしろ、その方が理屈は通る気がしますが。十五年前、四十五歳だった堀友一郎は、日本のどこかに関係した女がいて、彼女に十五歳の娘がいた。娘の名前は山中愛。堀は、ひと目その娘に会いたかった。だが、無期刑のうえに肺ガンを患っていた。余命は短い。といって、網走刑務所を脱走することもできない。そこで自分の写真を、自分の娘、愛ちゃんに渡すことを我々に頼んだんじゃありませんか。そう考えれば、自分の最期の写真を渡してくれという願望も、それほどおかしいとは思えません」

と、亀井はいった。

「しかしだね」

と、十津川がいった。

「堀友一郎は、刑務所で長いこと、模範囚として過ごしてきた。刑務所内の工場で、働いていたんだ。その収入は安いが、貯金はそこそこの金額だと聞いた。もし、亀さんがいうように、愛ちゃんというのが彼の娘だとすれば、こんな写真を贈るよりも、そのお金を渡してくれと、頼むんじゃないのかね。その方が納得がいくんだよ。そのお金を手元に残して、写真だけを贈るというのはどこかおかしいじゃないか。私が堀友一郎なら、自分の写真にお金を添えて渡してください、と頼むと思うんだよ」

「確かに、そうかもしれませんね。ただ、愛ちゃんというのが堀友一郎の娘ではないとすると、なぜ、自分の写真、それもガンの見つかった病身の写真を、彼女に渡してくれと頼んだんでしょうか？」

「自分の娘ではないとしたら、亀さんは、堀とはどんな関係だと思うんだ？」

「十五年前は十五歳でしたね」

「そうだよ、高校生だ。もう一つ私がおかしいと思っているのは、この写真立てだ」

　と、十津川がいった。

「写真立てのどこがおかしいんですか？」

「堀友一郎は、自分で、この写真立てを作っている。刑務所内の売店に行けば、もっと洒落《しやれ》た写真立てがいくらでも売っている。収監された人間は、大抵、自分の好きな犬猫の写真や子供の写真を居房の中に置きたくて、売店で、写真立てを買う。今もいったように、彼は刑務作業で、少ないとはいえお金を手に入れているから、どんな気の利いた写真立ても、買えるはずなんだ。それなのに、自分で作っている。誰が見たって、既製のものに比べれば見劣りする。そのことも、私には、不思議なんだ」

「自分で作った写真立てに入れた方が、貰った相手も喜ぶと思ったんじゃありませんか」

「贈る相手が、いちいち手製かどうかなんて考えるだろうか。写真は大事だけれども、贈り主の堀が作った写真立てかどうか、いちいち考えるとは思えないだろう。もし、そんなことを堀が考えていたとしたら、この写真立ての裏板のどこかに、堀が自分で作ったと書いておくはずだろう。そんな文字は、どこを見たって見つからないんだ」

十津川は、写真立てを、分解してみた。

ハガキ大の写真立て。ガラスと木の部分とその中に入れた堀友一郎の写真である。

いくら調べても、これらのどこにも伝言は、書かれていなかった。

写真を入れる木の枠。それと同じ大きさのガラス。写真を押さえる裏板。最後は、写真立てを立てておく両脚。それを二人は、一つ一つ、慎重に見ていく。

「どこにも怪しいところはないだろう?」

と、十津川が声を掛けた。

「確かに、どこにも細工した跡は見当たりませんね」

と、亀井はいったあと、急に、声を低くして、

「堀友一郎が作った写真立て自体に、どこにも怪しいところは、ありませんが、写真の方が少しおかしいですよ」

「どこがおかしいんだ?」

「貼り合わせてあるような気がします。一枚ではなくて、二枚の写真を、貼り付けてあるような感じです」

「しかし、網走刑務所にきいたところでは、彼の写真は、一枚しか撮っていない。

今、ここにある写真だけだそうだ。だから二枚の写真を貼り合わせたということはないんだ」

「そうかもしれませんが、少し厚みがありますよ」

亀井は重ねていった。

「しかし、なぜ写真を貼り合わせたんだ？」

「それはわかりませんが、とにかく、おかしいですよ。我々が剝《は》がしたのでは、失敗するかもしれませんから、専門家に、頼みましょう」

と、亀井がいった。

2

十津川が、科学捜査研究所に問題の写真と写真立てを送ると、すぐ電話が掛かってきた。

「確かにこの写真は、二枚が、貼り合わせてあります。剝がすのが難しく、慎重にやりたいので、十二時間、時間をください」

と、いうのである。

「亀さんのいうことが、当たっていたらしい」

と、十津川がいった。

翌日、科捜研から引き剝がされた二枚が送られてきた。よく見ると二枚の写真があるわけではなかった。一枚目は間違いなく、堀友一郎の写真。それに貼り付けてあったのは、写真ではなくフィルム。そのフィルムに、一行の文字が、書かれていた。

その文字が十津川を緊張させた。

「京都の殺人犯はT・Tだ。間違いない」㊞

十津川は何回も、フィルムに書かれた文字を見つめた。

「京都の殺人犯はT・Tだ。間違いない」

京都、そして、㊞の名前。

堀友一郎は、十五年前に知り合った、愛ちゃんという女性に、自分の写真を贈りたかったわけではなかったのだ。

贈りたかったのは、その写真に貼り付けた白いフィルム。そのフィルムに書きつけた文字ではなかったのか。そして、「京都の殺人犯はT・Tだ。間違いない」という言葉に、十津川は緊張したのである。

十津川は、科捜研から戻ってきた写真と、写真立てを持って、三上本部長の部屋に説明に行った。

「どう見ても、死んだ堀友一郎が十五年前の愛ちゃんに、見せたかったのは、自分の写真ではなくて、フィルムの裏に書かれたメッセージだと思います」

「『京都の殺人犯はT・Tだ。間違いない』と書かれている。君は、十五年前か、それ以前に起きた殺人事件というのに心当たりがあるか？　それも、京都のだ」

と、三上がきく。

「全くわかりません。十五年前といっても、今部長がいわれたように、殺人事件は、十六年前かもしれませんし、十七年前かもしれませんから」

「それにしても二枚が貼り合わせてあるとよくわかったね」

「それを指摘したのは、亀井刑事です」

「貼り付けたままで、愛ちゃんなる女性に渡しても、剝がして中を見るのは、難しいんじゃないか」

「私もそう思いましたが、科捜研の話では、引き剝がさなくとも、このフィルムにアルコールを塗ると、中に書かれた文字が、見えてくるそうです。問題の剝がしたフィルムの方は、薄くて、アルコールを塗ると、透けて見えるそうですから」

「ここに書かれた言葉だが、堀友一郎は真実を文字にしていると思うかね。それとも、ふざけていると思うかね？」

「そこはわかりません。この写真を撮った時は、堀友一郎は、亡くなる寸前でした。そもそも、肺ガンで余命わずかと宣告されていましたから。そんな男が死ぬ間際に、嘘をつくとも思えないのです」

「君が八ツ森駅で会った小林雄作という男が、我々の捜している愛ちゃんというのが、山中愛ではないかと、わざわざ君に会いに来て、彼女の写っている写真を置いていったそうだね」

「その通りです」

十津川は、小林雄作が届けてくれた二枚の写真も三上本部長に渡した。

「ここに写っている背の高い女性が、山中愛、三十歳、と教えてくれました。しかし、この女性が、亡くなった堀友一郎が写真を渡してくれと頼んでいた愛ちゃんかどうかは、わかりません」

「問題は、ここに書かれている京都の殺人事件の犯人が、Ｔ・Ｔだという言葉だな。これが本当にあった殺人事件のことなのか。本当にあった殺人事件だとしてもすでに解決しているものなのかどうか、この二つを、至急、明らかにする必要があるね。京都にも照会するが、行きがかり上、君たちにやってもらおう。ただし、捜査本部を置く必要はない。君と亀井刑事の二人で、今私がいったことを、至急調べてほしい」

と、三上本部長がいった。

3

十津川と亀井の、二人だけの捜査が始まった。十津川はまず小林雄作に連絡を取り、日比谷公園の中にあるカフェで会った。

十津川はフィルムに書かれた文字を小林に見せて、

「我々は、ここに書いてある事件が、実在していて、その殺人事件が未解決なら、捜査を開始しなければなりません。そこでまず、小林さんにききたいのは先日頂いたこちらの二枚の写真の方です。写真の中に写っている山中愛という三十歳の女性について何かご存じですか？」

と、きいた。

「彼女について説明するよりも、これから彼女の所にご案内しますよ。彼女は、老人ホームで働いているのですが、私の所属している秘境駅探索クラブに入ったばかりなんですよ。勤務先は狛江《こまえ》市内にある老人ホームです」

十津川と亀井は、小林雄作の案内でその老人ホームへ行くことになった。

小林が案内してくれたのは、小田急線の和泉多摩川《いずみたまがわ》駅からバスで二十分の所にある老人ホームだった。

山中愛という三十歳の女性は、看護師の資格を持っていて、そこで働いていた。

十津川が老人ホームを訪ねるのは、これで二度目である。別の事件で、前に訪ねた所は、奥多摩にあったが、その老人ホームに比べれば遥《はる》かに施設が整っている感じだった。

広い施設の中に、病院も併設されている。老人たちが、病院に隣接した空間で生活している。入居している老人たちも安心だろう。

そのエントランスの近くの真新しいロビー。そこで、十津川と亀井は山中愛という女性に話を聞くことができた。ロビーの中には、気の利いたカフェも設けられている。

そこから、コーヒーとケーキを運んでもらってからの話になった。カフェには、老人ホームに入っている老人たちも何人か来ていて、楽しそうに話しながら、注文した物を口にしていた。

十津川は、山中愛に向かって、単刀直入に堀友一郎の写真を見せて、

「この人を知っていますか？」

と、きいた。

「申し訳ありませんけど、知りません。堀友一郎というお名前にも、記憶が、ありません」

と、山中愛はいった。

「あなたは、こちらの小林雄作さんと同じ、秘境駅探索クラブに入られたそうですが？」

「はい。でも、このクラブは五十人を超す人たちの集まりなので、小林さんと一緒に秘境駅を訪ねていく旅行をしたことはまだないんです。それに、小林さんは東京ですけど、私は京都出身ですから」

山中愛の返事には、迷いらしきものは感じられない。

「しかし、東京のこの老人ホームで働いているんですよね？」

「ここで働きだしたのは去年からなんです。それまでは、京都の実家にいて、家の仕事を手伝っていました」

と、愛がいった。

「この写真の裏に書かれた殺人事件という言葉と、T・Tという名前に、心当たりはありませんか？」

十津川がきいた。

「申し訳ないんですけど、どちらにも記憶がありません。それに、十五年以上も昔なんでしょう。私はせいぜい十五歳でしたから」

と、愛がいった。

「今、山中愛さんがいったことは全て本当ですよ。彼女、京都で何代も続く京菓子の店の娘さんで、看護師の資格をとる前は、そちらで家業を手伝いながら、秘境駅の旅行を楽しんでいたんです。それに私たちの探索クラブは人数が多いので、一緒に行動することも、少ないんですよ。関東地区と関西地区にそれぞれクラブで集まる所がありましてね。私は東京だから、一緒に旅行したことはなくて、一緒に行ける楽しみができたと思ったんですが、どうも老人ホームとやらは忙しいから、決まった曜日に旅行はできないみたいです」

と、小林が、いった。

「もう一度ききますが、あなたは堀友一郎という名前にも、この写真にも記憶はないんですね？」

「ありません」

「それは間違いありませんね？」

「十五年前といったら、十五歳でしょう。その頃は、秘境駅の探索クラブにも入っていませんでしたから」

「仙山線の八ツ森駅には行ったことがありませんか？」

「あそこは有名な秘境駅ですから、行ったことはありますけど、それは十五年前じゃありません。五、六年前のことです。それも、一人で行ったのではなくて、同じ秘境駅探索マニアの女性たち三人で行ったんです」

「その時、八ツ森駅の中に売店はありませんでした？」

「ありませんよ。第一、八ツ森駅はホームと小さな待合室しかなかったんです。何もない所ですけど、とにかく紅葉がきれいなんですよ。廃駅になって、残念でなりません」

愛がいった。

話の途中で、十津川の携帯が鳴った。後のことを亀井刑事に任せて、ロビーから出て廊下で携帯を耳に当てた。電話は、三上本部長だった。

「京都府警に問い合わせたところ、十五年前ではなくて、十六年前の十月二十三日に、京都で殺人事件が発生していて、それがいまだに、解決していない。京都市内に『藤《ふじ》』という日本旅館がある。江戸時代から続いている老舗《しにせ》で、外国人もよく泊まることで有名なんだ。今から十六年前、韓国の大使夫妻が泊まった。京都で、『日韓友好の夕べ』というのが開かれていて、韓国の大使夫妻はそれに出席するために、十月二十三日にその旅館に泊まった。その時に、大使が殺された。夫人の方は夜の薪能《たきぎのう》を見に行っていて無事だったが、大使の方は旅館の離れで何者かに殺された。その事件が、いまだに、解決していない。ひょっとすると、亡くなった堀の残した伝言が、未解決の京都の事件と関連してくるかもしれない。この事件について、調べてみてくれ」

4

十津川は、ロビーに戻ると、

「急に、京都へ行かなければならないことになりました。もっと色々とお話を伺いたいんですが……」

と二人にいい、亀井刑事に向かって告げた。

「本部長の命令で、これからすぐ東京駅に行く」

小林雄作と山中愛は、何か二人で話し合っていたが、愛の方が、

「私、この老人ホームの仕事をして一年になりますが、今度は地元の京都に帰って同じような仕事に就こうと思って、退職願いを出していたところなんです。私も暫《しばら》くぶりに、京都の実家に帰ろうと思います」

と、いった。

小林の方は、

「それなら私は、山陰方面にある辺境の駅に行ってみたい」

と、いいだした。そこで、四人は、同じ新幹線で、京都に行くことになった。

そこから東京駅に向かい、いつもなら自由席を使う十津川が、今日はグリーン車を使うことにした。小林雄作と山中愛の二人が一緒で、それなら席を向かい合わせにして京都まで話を聞きながら、行けると思ったからである。

十津川が希望した通り、四人で向かい合わせの席にしてから、十津川が改めて切り出した。

「今から十六年前の十月二十三日に京都の『藤』という老舗の旅館に、韓国大使夫妻が泊まられた。夫人の方が用事があって外出している時、旅館の離れに泊まった大使が、何者かに、殺されてしまいました。警視庁捜査一課の担当ではない事件なんですが、いまだに記憶に残っています。山中愛さんは、京都の老舗の菓子店の娘さんだから、この事件について覚えていらっしゃるんじゃありませんか」

「確かに覚えてはいますけど、私はその時まだ十四歳で、そうした事件のことよりも学校の方が大変なので、つい忘れていました」

と、愛は、小さくつぶやくようにいった。

ちょうど車内販売が来たので、コーヒーを頼み、それを飲みながら話を続けた。

小林も、十六年前のその事件については、記憶があるといった。

「その頃私は関西方面に旅行をしていましたから、なおさら、京都で起きたその殺人事件については、記憶が鮮明なんだと思いますね。確か、韓国大使の奥さんは日本人だったんじゃありませんか」

「その奥さんは、京都のさる流派の家元の娘さんだったんじゃないかと思います。京都で日本式の結婚式を挙げて、その後、韓国へ行って、向こうでも式を挙げたみたいですよ」

　これも愛がいった。まるで知り合いかのような愛のしゃべり方に、ひっかかるものがあったが、十津川は、そのまま聞き流した。

「しかし、警察が今になって、十六年前の事件を調べ始めたのは、あの写真のことがあったからですか？」

　と、小林がきいた。

「それもありますが、今、日韓関係はあまり良い状態じゃありません。少しでもそれを明るい方に持っていきたい。そんな時に十六年前に京都で韓国大使が殺され、今でも解決していない。そういうことがひょっとすると、日韓関係に影を落としているのかもしれませんからね。それで、何とか力を入れてこの事件を解決したいと思っているんでしょう」

「京都へ行ったら、お二人でその事件のことを調べるんですか？」

と、小林がきいた。

「いえ、管轄が違いますから、京都に着いたら、京都府警へ行って十六年前の事件について詳しい話をきくつもりです。その上で、われわれにできることがあるのか、判断しようと思っています。山中さんは、久しぶりに実家へ帰られるんでしょう？小林さんはどうするんですか？」

「私は秘境駅探索クラブの人間ですから、京都へ行ったら山陰本線や、小さな鉄道や無人駅について、見て歩きたいと思います。山陰方面にも秘境駅はありますから」

亀井が小林にきいた。

「秘境駅というのは、そんなに面白いですか？」

「秘境駅は、今の日本にたくさんありますが、それぞれに面白さが違うんですよ。十津川警部も私と一緒に仙山線の八ツ森駅で、テント泊したじゃありませんか。秘境駅の面白さも、その時にわかったはずですがね」

と、小林はいう。

「確かに、面白いといえば面白いですが、私の面白さと、小林さんの感じる面白さとは違うでしょう。秘境駅をどんな風に見るかということからだって、違うと思いますよ」

と、十津川がいった。

「秘境駅と無人駅というのは違うんですか？」

と亀井がきいた。

「同じこともあれば、違うこともありますよ」

と、小林は続けて、

「今、地方の鉄道ではほとんどの駅が無人駅になっています。その無人駅だって近くに学校や会社があれば、朝夕の通勤時間には乗客がたくさんいますから、秘境駅とはいえないんですよ。秘境駅というのは文字通り朝夕だけではなく、一日中閑散としていますから。それに、どこかに楽しい所がある。八ツ森駅のように、紅葉が素晴らしいとか水が綺麗だとか、海が見えるとか。だから、私たちは暇に飽かして秘境駅に行ってみるんです」

楽しそうに小林がいった。

時刻表通りに、新幹線は京都に着いた。十津川と亀井は二人と別れて、まず京都府警に顔を出すことにした。

京都府警では、十六年経《た》った今でも、捜査員の数は減らしたが、韓国大使殺害事件についての捜査を続けているという。

捜査員の数は現在、五人である。指揮を執る長谷川《はせがわ》という警部に会って、事件について詳細を聞くことができた。

「正直にいうと、この事件は早く片付くと、我々は、思っていたんです」

と、長谷川警部がいう。

「今も、当時も日韓関係はあまり良いとはいえません。京都市内でも、韓国を批判する空気があったから、我々は東京からこちらに来た韓国大使については、神経を、尖《とが》らせていたんです。しかし、最初の一日は何も、起きませんでした。それどころか久しぶりに京都に来た韓国大使夫妻を、歓迎するムードがありましてね。大使夫妻の方も京都の秋を楽しんでおられたんです。ええ、そうです。事件が起きたのは、十月二十三日です。事件前日から三日間、京都に滞在することになっていたんです。今もいったように、穏やかな雰囲気で多くの人が韓国大使を歓迎していましたから、少しばかり警戒する士気が緩んだのかもしれません。あの日の夜、知事と市長も出席する薪能がありましてね。夫人はそれに出席され、大使は少し疲れたといって旅館『藤』の離れで、休まれていたんです。もちろん、離れに泊まられた韓国大使を警護するために、旅館には五人のＳＰが配置されていました。午後十一時過ぎに大使夫人が薪能から帰られて、離れに行かれた時に、大使が殺されていることがわかったのです。京都府警は、面目にかけても、早急に犯人を逮捕しようと、百人を超す捜査員で、捜査に当たりました。現在までに、九千人の関係者に当たりましたが、全て空振りに終わっています。被害者が韓国大使で、今と同じように日韓関係に冷たい風が吹いていましたから、捜査が難しかったこともあります。それでも、十六年経った今でも、犯人が浮かんでこないのですよ。韓国の日本に対する政策を非難する右翼系の人々もいましたし、歴史問題について韓国大使を糾弾したいという人たちもいて、徹底的に調べたんですが、犯人は浮かんできませんでした。最近でも例の慰安婦問題で韓国を糾弾するというグループの動きがあったりすると、念のために、当たっていますが、依然として犯人の目星がついていないんです」

長谷川警部は、疲れた表情でいった。

「京都は、どんな町ですか？　外国人に対して排他的なところがあるんですか。観光都市なので、そんなことはないと思っているんですが」

と、十津川がいった。

「京都の風土は、一種独特で、外国人に対して優しく、親切という面もありますが、冷たい一面もあります。何しろ、京都人の言葉でこんなものがあります。『日本には、日本人と京都人の二種類の人間が住んでいる』と。簡単にいえば、京都人は難しいんです」

と、長谷川がいった。

その後、十津川は今日までの十六年間の膨大な調書の写しを借りて、それに目を通すことにした。

「確か、事件があったのは『藤』という旅館でしたね？」

「そうです。現在も営業していますよ。京都には世界的に有名な日本旅館が数軒あるんですが、その中の一軒です」

「今夜はその旅館に泊まりたいと思います」

と、十津川がいった。

十津川と亀井の二人が、三条烏丸《からすま》にある『藤』にチェックインすると、小林雄作も泊まっていた。

夕食の時に気がついたので、その後ロビーで会うことになった。

「京都に来た時には、いつもこの『藤』に泊まるんですか？」

十津川がきくと、小林は笑って、

「いつもは、こんな高い旅館には泊まりませんよ。ただ今回は、東京からの新幹線で十津川さんたちと、十六年前の事件のことを話していたので急に興味を持ちましてね。それでこの『藤』に泊まることにしたんです」

「山中愛さんの実家は、確か、京都の有名な和菓子店でしたね」

十津川は、思い出して、いった。

「そうです。京都で有名な『やまなか』という和菓子店です。江戸時代から続いていると聞いたことがあります」

と、小林が、いう。

「じゃあ、今日は、いった通り、実家に帰っているんですね？」

「一年ぶりに、実家に帰ったんじゃありませんか。両親は喜んでいると思いますよ」

三人で、そんな話をしていると、この旅館の主人がロビーに入ってきた。太り気味の男性で、和服姿である。かなりの高齢にみえた。

京都の日本旅館や、お茶屋などは、女性の方が表に出ている。旅館だったら、客の前に出てくるのは、女将《おかみ》さんである。

主人が出てきて、挨拶《あいさつ》するのは珍しい。たいていは、裏に回って、営業の方をやっているからだ。その主人が、わざわざ出てきて、十六年前の事件について話すのは、よほどこの事件がショックだったのだろう。

「十六年前の十月二十三日の夜でした。京都は、前日の十月二十二日が時代祭でした。京都の三大祭の一つで、平安神宮の祭礼で、平安時代から明治維新まで、それぞれの時代の衣装に身を包んで、京都御所から平安神宮まで行列が行われます。その翌日に起きた殺人事件ということに、何か意味があるのではないかと考えた人もいたようです。二十三日ですが、大使は、夕食のあと、少し疲れたといって、離れで、早くからお休みになりました。夫人は、寺の薪能を見に出席されていました。こちらの離れの方には、五人のSPが、警戒に当たっていらっしゃったのですが、ここは離れが三つあって、静かなことが売りですから、犯人が忍び込んで来るのに、SPの方は、気がつかなかったのかもしれません。薪能から、大使夫人が帰られて、大使が殺されていることに気がついたんです。そのあと大変な騒ぎになりました。深夜の街を、パトカーが走り回り、テレビでは、官房長官が『この事件は、慰安婦問題とは関係ない』と、繰り返していましたね」

「京都でも、その頃、慰安婦問題が、大きくなっていたんですか？」

十津川が聞き、主人が答える。

「街宣車が走り回ったり、韓国系の会社に、花火が投げ込まれたりしていましたね」

「韓国大使が殺された日、十月二十三日も、そんな雰囲気でしたか？」

「前日の二十二日が時代祭でしたから、少し疲れた感じが、京都の街全体にありましたね」

「十六年前の十月二十三日、この旅館に、大使夫妻がいらっしゃることは、一般にも知られていたんですか？」

　と、十津川が、きいた。

「新聞には、大使夫妻が京都で二泊される予定の記事が出ていましたが、旅館の名前は出ていません」

「それなら、この旅館に、脅迫めいた電話や手紙は、ありませんでしたか？」

「それが――」

　と、主人がいう。

「前日の二十二日に、『二十三日に韓国大使を泊めるな』というハガキが来ました。うちの玄関にある郵便受けに、直接、放り込まれていました」

「それを、警察に通報しましたか？」

「もちろん、すぐ、知らせましたよ」

「警察の返事は?」

「あまり、驚いていませんでしたね。こういう手紙や電話は、よくあるので、警察が重視するのは、団体の動きだそうです。それで、ハガキの方は、警察はあまり重要とは見ていませんでしたね」

「そのハガキは、今もありますか?」

「いや。捜しているのですが、見つかりません」

「殺された韓国大使の名前は、確か、李青英《イチヨンヨン》でしたね?」

十津川がきくと、主人は、やっと見つけ出したという、当時の宿泊者名簿を見せてくれた。

李　青英
　静子

と、署名されている。

「この奥さんは、日本人でしたね?」

十津川は、念を押した。

「家元の娘さんです」

「どういう人なんですか？」

「韓国に興味があって、ソウルにある大学を卒業していますが、後に結婚することになる韓国大使とそこで知り合ったと聞いています」

このあと、主人は、当時の京都の様子を話して、引き揚げていった。

十津川は、この旅館の女将さんに会って、話を聞くことにした。

「堀友一郎という名前を、聞いたことがありますか？」

と、きいた。

夫より三歳年上だという女将さんは、落ち着いた声で、

「その方は、私どもの所に、お泊まりになったんですか？」

「それが、わからないんです」

「それなら、私どもとは、関係のない方だと思います。お名前も、存じあげませんから」

「山中愛さんという女性は、どうですか？」

十津川がきくと、今度は笑って、

「それは、和菓子の『やまなか』のお嬢さんですね。その方なら、よく知っていま

すよ。確か、東京で看護の仕事をなさっていると聞きましたよ」

「この方は、知っていますか?」

と、いった。

十津川は、名前をいわずに堀の写真を見せた。

「この方、ご病気ですか?」

と、女将さんは、きいた。誰が見ても、そう見えるのだろう。

最後に十津川は、

「T・Tさんという人については、どうですか?」

と、ローマ字の「T」を二つ、書いてみせた。

「本当のお名前は、おわかりにならないんですか?」

と、女将さんがきく。

「それがT・Tとしかわからないんですよ。例えば、タカハシトシオさんならT・Tになりますが、そういう名前の方をご存じありませんか?」

十津川がきいた。今度も、女将さんは笑って、

「実名が、わからないのでは、なんとも申し上げられませんけれども、知っている人とは、思えません。心当たりがありませんから」

と、いった。

「さっき、ご主人にきいたら、この旅館も狙われたそうですね」

「そうなんですよ。主人も申し上げたと思いますけど、京都というところは右と左、保守と革新が多くて中立の方は少ないなんて、冗談半分でしょうが、いわれてるんですよ。ですから、右からも左からも狙われたことがありますよ。例の亡くなった韓国大使も、お泊まりになると決まった時に、うちでは初めてのことですが、脅迫めいた手紙が参りました。そのあとで、大使は亡くなってしまわれたんですけれど」

十津川は、東京の三上本部長に連絡し、わかったことを報告した。

「十六年前の問題の事件だが、網走で死んだ堀友一郎とは全く関係ないのかね？」

と、三上がきく。

「それはわかりません」

「堀友一郎がいっていた、例の愛ちゃん。この人物は山中愛で間違いないのか」

「それもわかりません」

「何もわからないのか」

「私にあと二日、この京都にいられるようにしてもらえませんか。その間に、十六年前の事件について調べてみたいことがあるんです」

と、十津川がいった。

「それは構わないが、こちらでも、十六年前の事件については、もう一度見直すような空気になっているんだ。何とかこの事件についての目処《めど》をつけてくれ」

と、三上が念を押した。

十津川は、網走刑務所の看守長にも電話をした。

「一つだけ、きき忘れたことがありました。それは、そちらで亡くなった堀友一郎のことですが、服役中、刑務所で与えられた仕事をしていて、かなりの額の刑務作業報奨金が払われた訳でしょう？　そのお金は、どうなりました？　誰か身内の人が受け取りに来ましたか？」

「いや、いまだにこちらに来た人はいませんね。ですから、例のお金は宙に浮いたままです。関係者が名乗り出てくれれば、お渡ししたいと思っているんですが」

これが看守長の返事だった。

十津川はベッドに入り、テレビのスイッチを入れた。十一時のニュースを見たかったからである。

しかし、ニュースでは十津川が知りたいことがわかるはずもなかった。今、十津川が知りたいのは、二つの事件のことだった。一つは、今から十六年前に起きた、京都における、韓国大使殺害事件である。もう一つは網走刑務所で亡くなった堀友一郎と、愛ちゃんと呼ばれている女性とのことである。この二つが無関係なことなのか、それとも繋がっているのか。いま最も、十津川が知りたいのはそのことだった。

十津川は、テレビを点《つ》けっぱなしにして、目を閉じた。

目を閉じても、さまざまな言葉や、思いが、ちらついてしまう。

「京都の殺人犯はＴ・Ｔだ。間違いない」(堀)という、あの一行である。もし、このＴ・Ｔなる人物が今から十六年前の京都で起きた殺人事件と関係あり、となれば、事件解明への糸口となる。しかし、関係なければ、韓国大使殺害事件の捜査は、これからも、長引きそうである。

目をつぶって考えていると、十津川自身が知りたいこと、それが際限なく広がっていくのだ。小さいことさえ、気になってくる。その一つが、網走で死んだ、堀友一郎のことだった。

十五年前、堀友一郎は横浜で男女のカップルを殺して、無期懲役を言い渡された。

十津川が担当した事件ではないので、その詳細は知らない。普通に考えれば、今回問題になっている事件とは関係がないと思えるのだが、ひょっとすると関係があるのかもしれない。

朝になったら早速、十五年前に堀友一郎が犯した殺人事件、これがどんなものだったのかを調べることにしよう。そう決めて、十津川はやっと眠りに入ることができた。

第三章

招待状

1

十津川は、東京に戻っていた。

京都での収穫は、ゼロだった。またルーチンワークに戻る。

警視庁宛《あ》てに、投書が来ることがある。警視総監宛ての場合もあるし、捜査一課長宛てもある。

捜査一課長が主役のドラマが放送されると捜査一課長宛ての投書が多くなったりする。

たいていの投書が単なるいたずらである。が一応、読んで、対処しなければならない。

先日、東京都庁宛てに来た投書は、警視庁に回されてきたが、対応は、捜査一課の十津川に委《まか》された。

投書の文面は、恐ろしいものだった。都民一千万人を人質にとったから、十億円を用意しろというのである。

十月一日までに十億円を用意しろ。さもなければ、都民を一人ずつ殺すというのである。

こういう漠然とした脅迫が、一番、対応が難しい。都民を一人ずつ殺すといわれても、一千万人もいるのだ。その一人一人を守ることは、不可能に近い。

結局、十月一日になっても、犯人は、この脅迫を実行せず、単なる脅迫に終わってしまった。それで、そのあと、十津川は、「愛《めぐみ》ちゃん」を捜しに、八ツ森駅へ向かったのである。

ところが、今度は、捜査一課の十津川宛てに、投書が届いた。こんなことは、珍しい。

「君のファンからのラブレターだ」

と、三上本部長が笑いながら、それを十津川に渡した。

市販の白い封筒で、宛名は「警視庁捜査一課十津川警部様」と、明らかにパソコンで打ったもので、味もそっけもないものだが、差出人は「山中愛」になっていた。

「あの京都の和菓子屋の娘か？」

と、三上にきかれた。

「そのようです」

中に入っていたのは、招待状だった。

横長で、封筒よりひと回り小さい招待状である。

カラーの美しい招待状だと思ったのだが、よく見ると、絵具を使って描いた手製のものだった。

「仙山線の秘境駅八ツ森への御招待」とある。

日時は、十月十五日午後三時。

この招待状には、これもパソコンで打たれた「御注意」が添えられていた。

「八ツ森駅は、臨時停車駅になっていましたが、今般、廃止されました。かつては、駅舎の中に小さな売店があって人気がありました。今回、十津川様だけを、この駅に御招待することになりました。大事な御招待なのでぜひおいでください。十津川様にとっても、ご利益になる筈《はず》です。廃駅になっていますので、考えて、おいでいただきたいと思います」

かつて八ツ森駅は、時刻表では、「臨」の文字がついていた。最近の秘境駅ブームでは、人気の上位に入っていたのである。

ところが、新しい時刻表では、消されてしまっているので、当然、列車が停《と》まることはない。

とすれば、車で行くか、一駅前か後で降りて、歩く必要がある。すでに、一回、作並駅から試みているから、今度は奥新川《おくにっかわ》駅で降りて、一駅引き返すことに決めた。

十津川は、すでに、この招待を受ける気になっていた。

「カメさんにも、一緒に行ってもらう」

と、十津川は、亀井刑事に声をかけた。

「いいんですか？　私が、ついていっても」

「招待状には『同伴は一人可』と、書いてある」

「私も、彼女に会いたいと思っているんです」

と、亀井が、ニッコリした。


十月十五日、幸い快晴である。

十津川と亀井は、新幹線で、仙台まで行き、そこから、仙山線に乗った。

奥新川駅で降りる。

ここから、二人は、幻の八ツ森駅まで歩いて引き返すことにした。

歩き疲れて、線路脇で休んでいると、

「十津川さん――」

と、呼ばれた。

振り返ると、同じように、線路脇を歩いてくる男が、いた。

秘境駅マニアを自称する小林雄作だった。

先日会ったときと同じように山男のかっこうをしている。

傍《そば》に来て、十津川の脇に腰を下ろした。

「これから、八ツ森駅に行くんでしょう?」

と、いう。

「あなたも行くんですか?」

「そのつもりです。今日、あの廃駅で、何かあるという情報をつかんだんです」

「どこから、その情報を?」

と、十津川が、きいた。

「それは、ちょっと教えられませんよ。鉄道マニア仲間の情報網があるんですよ。十津川さんの情報網は、どんな情報をキャッチしたんですか? 全国に張りめぐらせた警察のネットワークですか?」

と、きく。相変わらず饒舌《じょうぜつ》である。

十津川が黙っていると、小林は、今度は亀井に、声をかけた。

「たしか、京都に、ご一緒したんじゃありませんか」

「今日は招待状を持っているんですか？」

亀井が、意地悪くきいた。

「招待状ですか？」

と、小林が、きき返した。どうやら、それは持っていないらしい。

十津川は、笑って、

「招待状がないと、向こうへ行っても、断られるかもしれませんよ」

と、脅した。

「そんなものがあるのなら、ぜひ、見たいですね」

と、小林が、いう。

十津川は、封筒ごと、彼に渡した。

小林は、抜き出して見ている。

「招待主は、山中愛ですか。彼女に招待されるなんて、羨《うらや》ましいですよ」

と、呟《つぶや》いてから、

「この招待状に、便乗させてもらえませんか」

「その招待状に書いてあるでしょう。同伴は一人だけと。だから、残念ながら、同伴できませんよ」

といって、十津川は、亀井を促して歩きだした。

小林は、腰を下ろしたまま、動かない。

「少し可哀《かわい》そうな気もしますが」

亀井が歩きながら、いう。

「あの男は、謎《なぞ》が多すぎるんだ。だから時々、困らせて、反応を見てみたいんだよ」

と、十津川はいった。

「ただの鉄道マニアじゃないんですか？」

「鉄道マニアではあるんだ。仲間と一緒に撮った写真も見ているからね。ただ、それだけじゃないような気もするんだよ」

「しかし、こちらの捜査を邪魔したことは、ないんじゃありませんか」

と、亀井が、いった。

八ツ森駅の跡が、見えてきた。

駅舎はない。その代わりのように、プレハブの可愛《かわい》らしい売店が、目に入った。

それも最近建てられたようで新しい。

「八ツ森駅　売店」

と書かれた看板がある。

二人が、ドアを開けて中に入る。

カウンターの中から、女性が立ち上がった。

その女性は、まぎれもなく京都で一緒だった山中愛だったのだ。笑顔で、

「どうぞ、ごゆっくりしてください。あとで、招待状と引き換えに、お土産を差しあげます」

と、いう。

十津川は、売店の中を見回した。

棚には、東北の土産品が、置かれている。その一つを亀井が取り上げると、中身は、カラだった。

「カラですよ」

と、亀井がいうと、

「大げさにいいますと、この店の中は、仮想現実の世界なんです」

と、山中愛が、いった。

「しかし、あなたは現実だ。まさか、消えたりはしないでしょうね？」

亀井が、いう。

「今、コーヒーをいれています。コーヒーは現実ですから、安心して、飲んでください」

と、山中愛はいった。

二人の刑事は、小さなテーブルに腰を下ろし、山中愛が、コーヒーをいれてくれた。

十津川はそれを一口飲んでから、

「不思議なものですね。ここでは、インスタントコーヒーの方が、現実感がある」

と、いった。

愛が、京都で見せたフィルムのことを話しだした。

「『京都の殺人犯はT・Tだ。間違いない㊖』と裏に書かれていましたね」

網走刑務所で病死した堀友一郎に頼まれて、十津川が愛ちゃんなる人物に渡そうとしたものだった。

「そうか、薄々感じてはいたが、愛ちゃんとは君のことだったのか」

と、十津川がいった。

「間もなく、十月二十三日が来ます。十六年前に京都に来ていた、韓国大使が、殺害された日です」

と、愛がいった。

十津川は、手帳を取り出した。

韓国大使殺害事件についてのメモがある。

「確か、愛さんは京都で老舗の菓子店の娘さんでしたね」

十津川は、確認するように、きいた。

「はい」

「殺された大使の奥さんは、静子といって、日本人でした」

「はい」

「何か、関係があるんですか?」

「何がでしょう?」

「殺された韓国大使の奥さんと、あなたとです。静子さんと、愛さんとが、例えば、姉妹だとか」

「残念ですが、違います」

と、愛が否定する。

「しかし、何か関係がありますね。そんな気がして仕方がないんですがね」

と、十津川がいったとき、思わぬ方向から、男の声が叫ぶようにいった。

んでいたのだ。

十津川が振り返ると、売店のドアが開いていて、小林が立ちはだかる恰好《かっこう》で、叫
「そんな所で、大声出さずに、こっちへ来て、静かにいってください」

十津川が、笑いながら、手招きした。

小林が、テーブルに来て、腰を下ろす。

十津川が、愛にきいた。

「今のこと、本当ですか？」

「はい。静子さんの姪です」

と、愛が肯《うなず》いた。

そこで、十津川は、気になっていたことを思い出した。京都で愛が大使夫人のことを、まるで知り合いのように話していたことを。

小林は、小さく息をついて、

「私にも、コーヒーをください。のどがカラカラです」

「今、いれています」

と、愛が落ちついた声でいい、小林の前にも、コーヒーを置いた。

「簡単にいえば、愛さんは、十六年前の殺人事件の関係者なんだね」

と、十津川がいった。

「そうです」

と、いってから、小林は、コーヒーを飲む。

「あなたは、どうなんですか？　事件の関係者ですか？」

と、十津川が、きいた。

「私は、ただの傍観者ですよ」

と、小林がいう。

「どうも、信じられませんね。やたらわれわれの前に現れる。それも、タイミングを計ってです」

十津川がいったとき、列車の近づいてくる音が聞こえた。

（そうだ。ここには、停まらないんだ）

小林は、しばらく神妙にしていたが、そのうちに、日本中の秘境駅について喋り始めた。

「とにかく、廃駅寸前の人のいない駅を、秘境駅として誉《ほ》めるのは、日本人のいいところですよ。何といっても、日本人は、鉄道が好きなんですよ」

「しかし、そのまま、路線全体が消えてしまうこともあるんじゃありませんか」

と、亀井が、もっぱら、小林の相手をしていた。亀井の息子が、小学生ながら、鉄道マニアなので、小林と話が合うのだろう。

十津川は、外に出てみた。

冷たい空気が、ひんやりと、彼の身体《からだ》を包み込む。

かつてホームがあった地面に雑草が生えはじめていた。

一両編成の列車が通過していった。

かつての八ツ森駅跡に人がいたので、車両の乗客が、びっくりした顔で、あわてて、手を振っている。

（十五年前か）

と、ふと呟いた。

網走で死んだ堀友一郎は、十五年前に、この駅で、当時十五歳だった筈の山中愛に会ったといっている。

その一年前の十月二十三日に京都で韓国大使が殺されて、いまだに、犯人が見つかっていない。

十津川の手帳には、韓国大使夫妻の名前が書き留めてある。

李　青英
　　静子

である。今日、山中愛が李静子の姪であることが、わかった。

鉄道マニアの小林雄作は、知っていたのだ。

（どうも、すっきりしないな）

と、思う。

網走刑務所で病死した堀友一郎も、十六年前の事件に関係があるのだろうか？

関係があるような、ないような、その疑惑を残して、死んでしまった。いくつもの謎を残して死んでしまったのだ。

十津川が、仮想売店に戻ると、小林がまだ、ひとりで、秘境駅の話をしている。

少しずつ、時間が、たっていく。

山中愛は、黙って、ニコニコ笑っている。そのことにも、十津川は、次第に、腹が立ってきた。

わざわざ招待状を寄越したのに、このまま、何もなく終わってしまうのか。そうなら、なぜ、呼んだのか。

山中愛が、腕時計に目をやった。

「残念ですけど、そろそろ、この店も、閉めなければなりません」

と、愛が、いった。

「それで、わざわざ来てくださった十津川さんには、お土産を差しあげます」

愛は、封筒を取り出した。

「これは、ここから十メートル以上離れたら開けてください」

と、いう。

渡されたのは、きれいに彩色された封筒だった。

よく見ると、清水寺《きよみずでら》の絵だった。

「私には、何もないんですか?」

と、小林が、文句をいう。

「小林さんは、ご招待していませんから」

愛が、笑いながら、いった。

彼女が、店の明かりを消してしまったので、十津川たちは外に出た。

「私は、京都に帰ります」

と、いって、愛は、仙台方向に向かって、歩きだした。

小林は、ちょっと考えてから、

「近くの山に登ってみますよ」

と、いって、歩きだした。

十津川と亀井は、作並駅に向かって、歩きだした。

途中で、足を止めた。

「もう、十メートル以上、離れたな」

と、十津川はいい、愛がくれた封書の中身を取り出した。


「T・Tは滝川武史《たきがわたけし》」


と、一行だけ、書かれていた。

「確か、堀友一郎が渡したフィルムの裏には、殺人犯は、T・Tだと、書いてありましたね」

と、亀井が、いう。

「そのT・Tが滝川武史なんだろう。カメさんは、滝川武史という名前を、聞いたことがあるか?」

「いや、全く知りません」

「また、この滝川武史を探さなきゃならないのか」

十津川は、小さく溜《た》め息をついたが、次の瞬間、顔色を変えた。

「十メートル以上、離れろと、彼女はいっていたね」

と、十津川がいった瞬間、旧八ツ森駅の方向で、轟然《ごうぜん》と、爆発音がした。

じっと、目をこらす。

猛然と、黒煙が立ちのぼるのが見えた。

もう一度、爆発音が、聞こえた。

黒煙が、白煙に変わっていく。

十津川は、呆然《ぼうぜん》と、見つめていた。

(これは、事件の終わりを告げているのだろうか? それとも、事件の始まりを、告げているのだろうか?)

2

十津川は、すぐ電話で、火災を通報してから、

「この滝川武史というのは、何者なんだ?」

と、亀井を見た。

「わかりません。何かの事件の関係者で浮かんできてもいないと思います」

と、亀井がいった。

「八ツ森駅に戻りながら、考えよう」

と、十津川は、ゆっくり歩き出した。

相変わらず、白煙はのぼっていて、消える気配は、ない。

「山中愛も、小林雄作も大丈夫だと思いますよ。今頃は、駅からかなり離れているはずです」

歩きながら、亀井が、いう。

遠くで、消防車のサイレンが聞こえた。

サイレンが、重ねては聞こえないから、一台だけ、急行しているのか。何とも、

心細い。

現場で待機していると、案の定、到着したのはたった一台の消防車だった。

プレハブの売店の火が、廃駅になった八ツ森駅周辺の木立にまで飛び火している。

これで、八ツ森駅は、完全に消えてしまうだろう。

「焼死者の形跡は、ありませんよ」

と、消火に当たっている消防士の一人が、教えてくれた。

上りの普通列車が離れた地点で停車してしまった。

ようやく、二台目、三台目と消防車が到着して、消火作業を始めた。

炎が消え、煙だけになっていく。

「火をつけたのは、山中愛ですかね?」

と亀井が、きく。

「だと思う。だから、十メートル以上離れてから、封筒の中を見てくれといってたんだ。安全を考えてだよ」

「これから、どうしますか?」

「しばらくは、招待状のことも、山中愛のことも、公表しないでおこう。地元の警察にきかれたら、旅行の途中でたまたま、火災を見て、通報したということにしておきたい」

と、十津川は、いった。

「いつまでですか？」

「そうだな。滝川武史が何者かわかるまでにしておこう」

十津川がいっているうちに、県警のパトカーが、到着した。

野次馬も、少しずつ集まってくる。秘境駅なのに、不思議である。

「集まってきた人たちを、撮っておいてくれ」

十津川が、小声で亀井にいったとき、パトカーから降りた刑事二人が、近寄ってきた。

「通報した人ですか？」

と、十津川に、きく。肯くと、

「失礼ですが、一応、お名前を聞かせてください」

と、いう。

十津川は、いきなり、警察手帳を見せて、

「休暇をもらって、二人で、東北の温泉に来たんですよ。作並で降りたら、こっちの方から、黒煙があがっているので、通報してから、怪我人でも出ていたら、助けようと思って、来てみたんです」

と、いった。

相手も、面くらった表情で、

「ご苦労さんです」

と、頭を下げた。

「この八ツ森駅は、秘境駅で有名だったのに廃駅になったそうですね？」

と、十津川は、逆にきいてみた。

「それを残念がるマニアもいると聞いています」

若い刑事らしい答えが返ってきた。

「こちらの亀井刑事も、鉄道マニアの一人です」

と、十津川が、亀井を紹介し、

「八ツ森駅を写真に撮っておきたいだけで、消防の邪魔をしているわけじゃありませんよ」

亀井も、そういって、カメラのシャッターを押しつづけた。

結局、消防車は、三台しか来なかったが、それでも、火災は意外に早く鎮火した。何もなかった廃駅だったからだろう。

十津川は、プレハブの売店のことが気になったが、完全に燃えてしまった。多分、燃えやすい資材で造られていたのだろうし、中身は、ほとんどカラだったのだから、燃えたのは、外壁だけだったに違いない。

さっきの若い刑事が、戻ってきた。

「仙山線はしばらく、不通になるそうです。お二人の行き先をいってくだされば、パトカーでお送りしますが」

と、いった。

「それなら、仙台まで送ってください」

と、十津川は、頼んだ。

3

東京に帰ったあと、十津川は、テレビニュースが伝える八ツ森駅の火災を見た。火災の原因については、失火説をとるニュースが多かった。

八ツ森駅が秘境駅として有名になってから、訪ねていくマニアが、多かった。彼らは、駅の周辺に何もないことがわかっているので、夜営を覚悟して、テント、その他アウトドアの道具、食糧も持参し、駅の傍で一夜をあかすことが多かった。

つまり、火を使っての食事である。

その火が風で飛んで、駅周辺の木々に火がついて火災になったのではないかというのである。

地元の警察は、その失火説をとって、調査するという。

十津川たちへの問い合わせはなかった。

山中愛の名前も、小林雄作の名前も出てこなかった。

十津川は、定例の会議で、八ツ森駅の報告をした。山中愛から届いた、「招待状」と、「お土産」も見せての報告である。

しかし、三上本部長を始め、誰も「滝川武史」の名前に心当たりがなかった。

そのため、捜査会議での質問は、もっぱら、山中愛に向けられた。

「彼女は、何者で、何のために、十津川警部を招待したり、妙な名前を伝えたりしているのかね?」

という三上の質問が代表していた。

「山中愛は、京都で有名な和菓子店の娘で、三十歳です。先日まで東京の老人ホームで看護師の仕事をしていましたが、現在は、京都の実家に帰っています。問題は、網走刑務所で病死した堀友一郎との関係です。堀は、死ぬ直前、山中愛へ渡してくれと、なぜか、私に頼みごとをしました。自分の写真に隠して、『京都の殺人犯はT・Tだ』というメッセージをしのばせていたのです。堀友一郎は、十五年前、八ツ森駅の売店で、山中愛さんに会ったといっているのですが、事実かどうか、わかりません。会っているという言葉を信じられないというのではなく、たった一度だけ会った相手に『京都の殺人犯はT・Tだ』といった言づてを託すものだろうかという疑問です。つまりもっと深いつながりがあるのではないかという疑問なのです」

と、三上がきく。

「山中愛のほうは、どういってるのかね？」

「肯定も否定もしていません」

「その他、注目する必要のあることは、何だ？」

「これは、すでに、報告していますが、堀が八ツ森駅に行ったという年の前年、十六年前の十月二十三日夜に、京都の旅館で、韓国の大使が殺される事件が起きていますが、この事件は、まだ解決していません。この事件が気になるのは、その一年後に、堀友一郎が横浜で若いカップルを殺して無期懲役になっているからです」

「どんな関係が、あるのかね？　二つの事件に」

と、三上がきく。

「網走刑務所に収監されていたんですが、中で親しくなった服役者二人に、『おれは韓国大使殺しの犯人を知ってる』と、いっていることがわかりました。しかし、看守長がきくと、おれはそんな話をしたことはないと、否定したというのです」

「それだけかね？」

「堀友一郎は、旅好きで、京都にも、何回か行っています。ただし、働くのは嫌いで、金がなくなると、人を脅して、金を手にいれていたようです。十六年前、韓国大使が殺された十月二十三日、堀友一郎も、京都にいたらしいのですが、これは、確認できていません」

「山中愛は、どう関係しているんだ？」

「殺された韓国大使ですが、京都の和菓子店『やまなか』に、十人前の菓子折りを注文して、京都滞在中のこの日に旅館に届けてくれといっていたのです。この時、山中愛は十四歳でしたが、旅館も近かったので、伯母の大使夫人に会いに行ったそうです。その時間、大使夫人は、寺の薪能を見に行っていて、大使は、ひとりだったので、何か目撃したか、大使の様子はどうだったか、しつこくテレビなどできかれています。顔が出たこともあります。ですから、堀友一郎が、このことを知っている可能性は大いにあるのです」

と、十津川は、説明した。

「そこまでは、わかったが、堀友一郎と山中愛との関係はどうなんだ？」

と、三上は、きいた。

「このあとは、全くの想像になるんですが、堀友一郎は、旅好きでしたから、仙山線に乗ったり、当時は、臨時駅だった八ツ森駅にも、行った可能性があります。そこで、たまたま、山中愛さんに会ったんだと思います。私は、彼女も、旅行で、たまたま八ツ森駅に来ていたんだと思います。堀友一郎は、その前年に京都にいて、彼女の顔が、テレビに出たりして知っていたので、声をかけたのではないかと思うのです。この時彼女は十五歳。今三十歳ですが、なかなかの美人ですから、十五歳の時には、さぞ、可愛かったと思うのです。死ぬまで家庭というものと無縁だった堀は、可愛らしい山中愛が好きになったんじゃないかと思うのです」

「まだ、韓国大使殺しの事件と、結びついてこないな。その点、どう関係してくるんだ？」

と、三上は、質問を続けてくる。

「これから先は、更に、想像の部分が大きくなります」

と、十津川は断ってから、持説を説明した。

「このあと、堀友一郎は、若いカップルを殺しています。この殺しで、無期懲役になったわけですが、なぜか、この殺人について、自分が殺《や》ったことは認めているんですが、詳しいことは、喋っていないのです。従って、殺された男女の名前と住所、年齢ぐらいしかわからないのです。ところが、十五年後になって突然、堀は、十五年前に会った山中愛に、『京都の殺人犯はT・Tだ』というメッセージを私に託して、病死してしまった。堀は、若い男女を殺したあと、ずっと、刑務所に入っていたのですから、彼が何かに気づいたのは、十五年前の殺人にからんだこととしか考えられません」

「まだ、わからんな。堀友一郎はどこから、新しい知識を仕入れたんだ？　おかしいじゃないか」

三上は、相変わらず、突っ込んでくる。

「新しく、網走刑務所に入ってくる人間です」

と、十津川は、いった。

「なるほど、新しい入所者か。しかし、まだ、すっきり私の頭に入ってこないんだがね？」

と、三上が、眉を寄せる。

さらに、三上はたたみかけるようにきく。

「なぜ、T・Tなんだ？　なぜ、フルネームで、教えなかったのかね？」

「多分、山中愛には、T・Tでわかると思ったんだと思います。山中愛が私にくれた『お土産』には、T・Tは滝川武史だと、フルネームが書かれていましたから」

と、十津川は、いった。

「しかし、君は、この滝川武史が、何者なのか、わからんのだろう」

「それで、明日、京都に行かせていただきたい。京都で、山中愛に会いたいと思っています」

と、十津川は、いった。

それは、簡単に許可されて、十津川の京都行きは、可能になった。

彼が拘《こだわ》ったのは、翌十月二十二日が、京都の時代祭だったからである。

十六年前、韓国大使が殺されたのが、十月二十三日、時代祭の翌日だったのだ。

大使夫妻は、時代祭翌日の、「日韓友好の夕べ」に出席するために、東京から、京都に移動したといわれている。

二十二日から三日間、京都の秋を楽しんでから、東京に戻ることになっていた。

そして、二十三日の夜、大使は殺された。十六年たった今も、この事件は、解決していない。

国際的に見ても、恥ずかしいことだという意識がある。

それが、解決しそうな雰囲気が生まれてきた。十津川としてはその空気に乗りたいのだ。

十月二十二日。早朝、十津川は、亀井と、新幹線で、京都に向かった。

京都駅で降り、八条口に出ると、京都府警のパトカーが、迎えに来てくれていた。

片桐《かたぎり》という若い警部が、十津川に、挨拶した。

「今回の事件、私が、長谷川警部に代わって担当することになりました」

と、いう。

「滝川武史という人間のこと、わかりましたか？」

パトカーに乗り込んでから、十津川がきくと、片桐は、助手席から、振り向いた。

「すぐわかりましたよ。京都では、有名な名前ですから」

と、いう。

その答えには、十津川のほうが面くらって、

「京都では、有名人ですか？」

「そうです。京都府警本部へ行く途中に、見ていただけば、わかります」

と、片桐警部が、いう。

パトカーが動き出す。

いつも、京都は、観光客で賑《にぎ》わっているのだが、今日は、特別に、ざわついている感じだった。

「間もなく、時代祭の行列が、出発しますから」

と、片桐がいった。

パトカーが、真新しいビルの近くで、止まった。

大通りの反対側にある、八階建てのビルを見ながら、

「あれが、通称T・T会館。正しくは滝ビルです」

と、片桐が、いう。

「きれいなビルですね」

「京都で一番新しい生け花の流派で、滝川流、その家元が建てたビルです」

「新しい流派の家元ですか？」

「戦後ですから、京都では新興です」

「京都は、古い都で家元制度も確立しているから、新しい流派を立てるのも、大変じゃありませんか」

と、亀井が、ビルを眺めながらいった。

「そのため、政治的に動いたともいわれています」

「政治家とつながってるんですか？」

「いや、そういうわけじゃありません。古都京都ですから、さまざまな権威、権力が生きています。一番の権威は、お寺さんお宮さんですかね。清水寺、東西両本願寺、東寺、それに、平安神宮なんかがヘソを曲げたら、京都で事業は成り立ちません。その他、お茶の家元もいるし、祭りを仕切る町衆もいて、そんな権威に結びつけば、怖いものなしですから」

と、片桐は、いう。

東京生まれ東京育ちの十津川には、実感のわかない話だった。東京なら、政治家との結びつきということになるのだろうが。

府警本部では、十津川の到着を待って、捜査会議が開かれた。

まず、片桐警部から、「滝川武史」についての説明があった。これは、もっぱら、十津川に対する説明といっても、いいものだった。

十津川たち、東京の刑事が全く知らない滝川武史は、現在七十歳。当初は、生け花に使用する花器の製造、販売会社の社長だった。

そのため、生け花の知識はあった。三十歳の時、生け花の流派の一つの家元の娘と結婚した。

この娘は、家元の次女で、どちらかといえば、その流派の中では、末席だった。その気持ちを、滝川は利用して、生け花の新しい流派「滝川流」を、立ちあげた。滝川武史にいわゆる政治力があったのか、滝川流は、次第に、京都の生け花界に認められ、力を持っていった。

十六年前、韓国大使夫妻が京都に来た時も、日本の生け花というものの代表として、夫妻は、滝川流を見学に、T・T会館に出向いている。

誰が滝川流を生け花の代表としたのか不明だが、古い生け花の流派から、反対があったことは、事実である。

その後、滝川流の会員の数は多くなっていき、古い流派と肩を並べるようになってきている。

片桐警部の説明が終わったあと、本部長が、いった。

「網走刑務所から発せられた『京都の殺人犯はT・Tだ』という言葉を重要視して、

十六年間、迷宮入りしていた殺人事件を、解決に持っていきたい」

その言葉で、捜査会議は終わり、今度は、十津川が、片桐警部と二人きりで、網走刑務所で病死した堀友一郎について、詳しい話をすることになった。

第四章

朝の菊

1

十津川は、いったん立ち止まって、今までにわかったことを整理し直し、そのわかったことからもう一度、事件の全体を考えてみることにした。十津川のそばにいて、推理の手助けをしてくれるのは、いつものように、亀井刑事である。

十津川が、勝手に推理を進めて、どんどん話していく。もし、それが不合理な推理であれば、亀井刑事が、チェックしてくれるだろうと、十津川は、思っている。

「まず最初に、網走刑務所に無期懲役で入っていた堀友一郎が、私に、『愛《めぐみ》ちゃん』へ自分の写真を渡してくれといって死んだ。本当に渡したかったのは、写真に貼りつけられていたフィルムに書かれた『京都の殺人犯はT・Tだ』という言葉だった。それは、堀友一郎が死んでしまったために、最後の言葉になってしまった。また、その言葉を、私に示したわけではなくて、私の手を通して、十五年前に仙山線の八ツ森駅で会った愛ちゃんに渡してくれということだった。私にはT・Tが誰なのかもわからなかったし、愛ちゃんというのが、どういう女性なのかも、わからなかった。

その後、私は、愛ちゃんこと山中愛に会い、彼女自身から、そのT・Tが滝川武史であるということも知らされた。

しかし、この時点でも、滝川武史という人間が、いったい何者なのか、犯人という以上、何らかの事件の関係者なのだろうとは思ったのだが、その事件が、いったいどんなものなのかも、はっきりとは、わかっていなかったんだ」

と、十津川が、いった。

予想はしていたが、その後、堀友一郎と山中愛が知らせようとしている事件が、十六年前に京都で起きた殺人事件であることが、わかってきた。

十六年前の時代祭翌日の夜、韓国の李《イ》大使が京都の老舗の旅館で何者かに殺され、死体になって発見された。

彼には、日本人の妻、静子がいた。そして、山中愛が、その静子の姪であることもわかってきた。

「堀は、十六年前の事件について、犯人を知っていて、それを山中愛に、知らせようとした。理由はわからないがね」

と、いって、十津川は、亀井を見た。

「ええ、確かに細かいところは省略されていますが、全体としては、間違っていないと思いますよ。私も、警部と同じように考えていましたから」

と、亀井は、いう。

「その後、われわれは京都に行き、十六年前の時代祭の夜の殺人を、京都府警の協力を得て、もう一度調べてみた。すると、滝川武史という人物が、京都の滝川流という生け花の家元であることがわかった。京都には生け花や、お茶、踊りなどの流派がたくさんあって、家元と呼ばれている人間が何十人もいるが、滝川武史という人間は、その中でも新しい家元だ。戦後に滝川流を興し、会社組織で大きくなってきたという七十歳の家元である。

滝川流の会員は、現在、一万人を超えているし、また、生け花に使う花器などの製造や販売も、株式会社滝川という自らが社長を務めている会社でやっているというから、その収入は莫大《ばくだい》である。

しかし、その滝川武史が、果たして堀友一郎のいうT・Tで、本当に殺人事件の犯人なのだろうか？　それは、今のところ簡単には断定できない。証拠といえるものが、何もないからである。

しかし、死の直前に、犯人はT・Tだと書き残した堀友一郎の言葉が、簡単に嘘だとは断定できない。その上、堀が知らせたかった相手、現在三十歳の山中愛も

Ｔ・Ｔは滝川武史だと教えてくれた。彼女は、京都の老舗の和菓子の店の娘だが、彼女が嘘をつくとは、とても思えなかった。

その一方、会社組織も経営する滝川流の家元であり、巨万の富を得ている彼が、果たして、殺人を犯すだろうか？　それも、今から十六年前にである。

堀友一郎は、どうして、十六年前のこの事件の犯人を、Ｔ・Ｔ、滝川武史だと断定できるのだろうか？　この時、堀は、前科があったが、まだ殺人を犯していない。

そこで、堀のことを調べてみると、殺人のような凶悪な事件を起こしそうな人間ではないが、犯罪歴の多い男だった。だとすれば、十六年前の時代祭の夜、堀友一郎は、殺人事件のあった老舗の旅館に忍び込んでいたのではないだろうか？　何しろ、時代祭の夜である。多くの人が祭りを見るために出かけてしまっている。それを見透かして、堀は、問題の旅館に忍び込んだ。

この旅館は、重要文化財級の茶器などを数多く所蔵していて、京都の老舗らしく、そうしたものが無造作に、館内の広間や客室に飾ってあるといわれていた。例えば、五百万円や一千万円はするような焼き物が、無造作に客室の床の間に置いてあったり、頼山陽《らいさんよう》の直筆の掛け軸が飾ってあったり、それがまた自慢でもあるような旅館である。ひょっとすると、堀は、それを狙って、時代祭の夜に問題の旅館に忍び込んだのではないだろうか？

そこでたまたま、韓国の李大使が殺害されるのを目撃したのではないだろうか？

これは、あくまでも、私の推理である。李大使が殺害されるところをたまたま、盗みに入っていた堀が目撃した。そして、犯人の顔も見た。その犯人は、滝川流生け花の家元の滝川武史だった。

しかし、この推理にかなりの無理があることは、私にも、よくわかっている。家元として力もあり、財産もある滝川武史である。現在は七十歳だから、十六年前は五十四歳だ。働き盛りといってもいいだろう。そんな男がなぜ、殺人まで犯したのか？

とにかく、彼が、殺人などという大それた犯行に及ぶ動機がわからない。なぜ、韓国大使を殺さなくてはならなかったのか？　そこのところがどうにも厄介な問題なんだ」

そこまでいうと、十津川は、いったん言葉を切った。彼自身、確固たる推理が、まだできていなかったからである。

亀井も何もいわずに、十津川の顔を見ながら、次の言葉を待っているようだった。

そこで少し間を置いて、また十津川が、喋り始めた。

「私は、生け花というものには詳しくないので、少し調べてみたんだ。すると、日本の生け花の歴史というのはかなり古いということがわかった。平安時代の中期、『枕草子』を書いた清少納言は、宮中で青い瓶に五尺の桜の枝を挿したと書いているから、その頃の日本には、すでに花を飾る習慣があったのだろう。ただし、その頃は、まだ流派という考え方は生まれていなくて、まず第一に、仏様や神様の前を、花で飾るということが行われた。第二に、お祭りに花を使った。つまり、花祭りだ。そして、三番目には花占い。昔の日本人は、この三つの場合に花を使ったといわれている」

「なるほど。生け花というのは、そんなに歴史のあるものですか」

「そうなんだ。十七世紀になって、立花《りっか》という新しい様式が生まれた。花を立てて飾るという習慣だ。宮中で立花の美を競う、立花会というものが行われたといわれている。

十八世紀の半ばになると流派が生まれ、家元が誕生した。その頃になると、立花の他に、花を投げ入れる生け花が流行した。そして、花を集めて三角形にまとめたり、三日月の形にまとめたりする、今の生け花に近い形が生まれてきている。

戦後になると、家の形も和風から洋風になってきた。和風の場合は床の間に花を飾ったりして、正面から花を鑑賞するだけだったが、洋間になってテーブルに花を飾るようになると、正面からだけではなくて、四方から花を鑑賞するようになった。これが盛り花だ。

特に戦後生け花が盛んになったのは、生け花を婦女子の教養のために位置づけた生け花教室のようなものが、定着したことによる。戦後に滝川流を作り、家元になった滝川武史でも、ほかの流派と同じようにやることができた。

ただし、十八世紀から生け花を始めていた流派と違って、当時、生け花に使われていたさまざまな花器、多くの名工が作り、あるいは有名な画家や陶工が作った花器というものを、滝川武史は、何一つ持っていなかった。金に飽かして集めようとしていたが、歴史的なものは、ほかの流派の家元が手放さないから、どうしてもそうしたものは、新参者の滝川流の手には入ってこなかったという」

「なるほど。そこで、滝川流の家元、滝川武史は、必死になって、そうした生け花の歴史を物語るような花器を手に入れようとしたというわけですね？」

「その通りだ。問題の十六年前に事件のあった老舗旅館、そこは『藤』という名前の旅館だが、何しろ、三百年前からやっている歴史のある旅館だし、女将、藤安直子は、古くからの生け花の流派の幹部で、そのため、この旅館は、今、私がいったような歴史的に貴重な花器をいくつも所蔵していて、祭りの日などは、客室の床の間に、その花器を置き、そこに花を生けて客をもてなしてきたといわれていた。

その中には、滝川武史が何としてでも手に入れたいと思っていた由緒正しい花器、それを持っていることが、生け花の家元としての誇りでもある、そんなものもあったに違いない。滝川は、それを盗みに時代祭の夜、旅館『藤』に忍び込んだのではないだろうか？

そして、それを盗もうとして、泊まり客の韓国大使と争いになり、殺してしまった。更に、たまたま窃盗に入った堀友一郎にそれを目撃されてしまったのではないだろうか？　いや、目撃されたことには気がつかなかったが、堀のほうは、しっかりと犯人の顔を目撃していて、後になって、その男が滝川流の家元である滝川武史だと知ったのではないだろうか？

私は、そんなふうに考えてみたのだが、ここまではどうだ？」

十津川はもう一度、亀井の顔を見た。

「確かに、面白い推理だと思いますよ。ただ残念ながら証拠は、何もありませんし、堀が生きていれば、証言してくれたかもしれませんが、彼は、すでに亡くなっています」

と、亀井が、冷静な口調で、いった。

「そうなんだよ、その点は、私もカメさんと同感なんだ。堀が犯人を目撃していたのに、それについて、何も喋ろうとしなかったのは、彼自身が、あの夜、旅館『藤』に忍び込んでいて、何か高価なもの、例えば志野の茶碗のようなものを盗み出そうとしていたからじゃないのかな。だから、殺人を目撃していても、それを警察に通報することができなかった」

と、十津川が、いった。

「その点は、私も同感です」

と、亀井が、いった。

「その翌年、旅行好きの堀友一郎は、仙山線の八ツ森駅で降りた。彼の話によれば、そこで当時十五歳の山中愛に出会った。そこで彼女自身が、堀に自分は京都の老舗和菓子店の娘ということを話したのではないかと、思う。堀は、この十五歳の山中愛の気品のある美しさに感動したんだ。その後堀は若いカップルを殺害して逮捕され、無期懲役の判決を受けて、入獄してしまった」

「その辺も、まず間違いないと思います。問題は、堀友一郎が、もともと、殺人を犯すような人間ではなくて、せいぜい窃盗や軽い傷害のような、小さなことしかできない人間なのに、どうして突然、若いカップルを殺すような犯罪をしてしまったのか、それが不思議で仕方がありません」

と、亀井が、いった。

「その点は、私も同感だ。おそらく何か理由があって殺してしまったんだろうと、私は思っているんだが」

と、いってから、十津川は、コーヒーを口に運んだ。

「ここに来て急にさまざまなことがわかってきた。十六年前の韓国大使殺害事件に関しても、大きな事件ではあったが、京都府警の事件で、われわれ警視庁は、何も調べてこなかった。無期懲役で網走刑務所に入っていた堀友一郎についても、われわれは、全く無関心だった。彼が犯した殺人事件にもだ。

また、京都の老舗旅館『藤』についても、私は、全く知らなかった。京都に行ってもいつも泊まるのは洋式ホテルで、和風の旅館に泊まったことがなかったからだ。もちろん、和菓子店の娘、山中愛についても全く知らなかった。今回の事件があって初めて知ったからね」

「それにもう一人、妙な男もいますよ」

「わかっている。例の鉄道マニアだという小林雄作だろう」

「不思議なのは、われわれの捜査にふらっと顔を出すことですね。偶然なのか、何か目的があるのか、見当がつきません」

「確かにその通りだ。なぜかは知らないが、事件に絡んで、小林雄作という男は、いろいろなことを、知っている。実際に十六年前の事件に関係があるのか、それとも、その後、この事件について調べたのか、その点もまだわからない」

と、十津川も、いった。

「小林雄作は、十六年前といえば二十四歳です。その時に、彼が事件と関係があったかはわかりません。いずれにせよ何かの理由があって、事件のことを調べることになったのは確かだと思いますね。それにまた、彼の名刺は、秘境駅探索クラブの会員というものでした。だから、本当は、小林雄作は、仙山線の八ツ森駅には何回も行っているはずです。ですから、そこで、山中愛に会ったのかもしれません」

と、亀井が、いう。

「それにしてもあの男については、いろいろとわからないことが多すぎるね」

と、十津川がいうと、亀井が、

「確かに、そうですね。それで、これからどうします？」

と、きいた。

「少なくとも、あと二、三回は、京都に行かなくてはならないだろうね。実は今、京都府警から協力の要請が来ているんだ。韓国大使は京都で殺されたが、大使館は東京だからね。その関係で、われわれ警視庁のほうにも話が来たんだ」

と、十津川が、いった。

「それならば、三上本部長も、反対しないんではありませんか？」

という亀井の言葉に、十津川は、

「珍しく三上本部長も、今回の事件について、京都府警に協力しろといっているんだ。ただし、今の段階では、私とカメさんだけだ。二人だけの捜査協力だと、部長は、いっている」

と、いった。

「そうですか。それは大歓迎ですよ。私も京都には、最低でもあと、二、三回は行きたいと思っていましたからね。京都は、いいところです」

と、亀井がいった。

その二日後、ひそかに二人だけで京都府警に捜査協力するという遠慮がちな形は止《や》めて、大っぴらに動くことになった。

というのは、今回の事件になぜか絡んできていた、鉄道マニアの小林雄作が、北《きた》千住《せんじゅ》の自宅マンションの近くで、深夜、何者かに鈍器で頭を数回殴られるという事件が、起きたのだ。救急車で病院に運ばれ、一命は取りとめたものの、人事不省の状態が続いているという。

十津川が病院に見舞った時も、小林雄作は眠ったままの状態で、担当している医師は、

「かなりの重傷です。正直なところ状態は、あまりよくありませんね。ヘタをすると、このまま植物状態になってしまうかもしれません」

といって、十津川を驚かせた。

それでも、十津川は、

(これで、京都府警との合同捜査が大っぴらにできる)

と、思った。

捜査本部が設けられ、彼のマンションの周辺での聞き込みなどが行われたりしたが、十津川が予期したように、京都府警との、合同捜査になった。

十津川は、まず北千住の小林雄作のマンションの部屋の捜索から、始めることにした。部下の刑事三人を連れての捜索である。

そこは、どこにでもある2DKの造りだった。

ただいかにも鉄道マニアらしく、鉄道関係の本や写真などが、部屋いっぱいに置かれていた。

二台のパソコンには、今までに、彼が鉄道で回ってきた日本中の駅の写真が、保存されていた。その中には、京都や八ツ森駅跡の写真も入っていた。

プロ用のカメラも二台、部屋に置かれていた。カメラには二台とも、大きな望遠レンズが付けられていた。そうしたことが、いかにも鉄道マニアらしかった。

もう一つ、十津川が驚いたことがあった。鉄道関係の写真とは別に、なんと、京都の滝川流の生け花の家元、問題の滝川武史の写真がたくさん見つかったのだ。おそらく、望遠レンズを使って撮ったのだろう。

2

何者かに襲われ重傷を負った秘境駅マニアの小林雄作の部屋から、生け花の滝川流家元・滝川武史を望遠レンズで撮った写真が多数見つかった。

滝川武史は、京都の中心部に滝ビルという自社ビルを建てているのだが、そこからどこかに出かけようとしている写真、若い弟子たちに囲まれている写真、一人でベンツのオープンカーを運転して出かける写真など、そうした一連の写真がまとめてパソコンに保存されていた。

これを見る限り、小林雄作は間違いなく、滝川流家元の滝川武史に、関心を持っていたのだ。

もう一つ、山中愛の写真も数多く撮られていた。そのうちの半分くらいは、山中愛が誰かと一緒に写っている写真だった。その中には彼女の叔母、未亡人になってしまった李《イ》韓国大使夫人・静子の写真もある。

しかし、静子は、十六年前の事件の後、数年して心労のために亡くなっていた。

そうした写真などを保存してあるパソコンとカメラを持って、十津川と亀井は、京都府警の刑事と、今回の事件について話し合うために、京都に向かった。

京都府警は、十六年前の韓国大使殺害事件の時、延べ二万人の捜査員を動員して、事件の捜査に当たったが、現在は、五人にまで縮小されて、この五人が専従で、事件を追いかけていた。

現在、その捜査班のリーダーは、片桐という若い警部が担当している。

京都に着くと、同行した刑事たちを捜査班に引き合わせてから、十津川と亀井は、この片桐という警部ともう一人、ベテランの木村《きむら》という刑事の四人で、一回目の話し合いを、持つことになった。

京都府警が若手の片桐警部の他に、五十代のベテランの木村刑事を、この事件の捜査に当たらせているのは、彼が京都生まれの京都育ちで、京都のことには誰よりも詳しいからに違いなかった。それだけ、警視庁の十津川と亀井が、京都について、事細かな質問をしてくることも予期したのだろう。

四人は、京都府警本部の近くにある京料理の店で夕食を取りながら、話し合うことにした。

片桐警部が、十津川と亀井に最初に話してくれたのは、この十六年間、京都府警が、事件をどのように考え、どんな容疑者を調べてきたのか、ということだった。

「十六年前というと、日韓関係が少しばかり冷え込んでいた時期でしたが、時代祭翌日の夜でしたから。誰であれ李韓国大使を殺害するようなことはしないだろうと、考えました」

と、片桐警部がいうと、

「当時は、今のように歴史問題がこじれた時期だったのですか？」

と、亀井が、いった。

「そうなんです。それで、時代祭を見るために韓国の大使が来るというので、反対のデモをした京都人も、十五、六人ですが、いましたね。しかし、大きな混乱には、なりませんでした」

「それで、有力者の間では、どうだったんですか？」

と、十津川が、きいた。

「一応、調べましたが、大きな混乱はありませんでしたね。京都で名の通った人たちはほとんど、韓国大使がわざわざ時代祭を見物するということは知らなかったようでした」

その後、十津川が、重傷を負って入院している小林雄作のマンションを調べた結果について、京都側に報告した。その時、現場から持ってきたノートパソコンに入っていた写真を全部、京都側の刑事に見せることにした。

「小林雄作は、確かに鉄道マニアらしく、日本中を何度も、撮影して歩き回っていますね。しかし、パソコンの中には、彼が狙われた原因になるようなものは、何も、見つかりませんでした。ただ、ひとつ気になるのは、鉄道関係の写真以外に滝川武史を望遠レンズで隠し撮った写真があったことです」

「そうです。われわれもそれが気になりますね。十津川さんは、十六年前の事件、それに関連して襲われたと見ていらっしゃるんですか?」

　と、片桐警部がきく。

「確かに今いったように、何かの決定的な証拠といえるものはありません。この中に、十六年前に起きた韓国大使殺害事件を暗示するようなものもありません。しかし、京都に来て件《くだん》の日本旅館『藤』に何回か泊まっていますし、仙山線にも何回か乗っています。そうして撮られた写真、あるいは資料が十六年前の殺害事件の犯人にとって、不快なものに映ったのではないでしょうか?　自分にとって不利なものだと考えたのではないでしょうか?」

　十津川は、自分の考えをいった。

「実は最近、十六年前の韓国大使殺害事件について、妙な噂《うわさ》が出ていて困っているんですよ」

　と、京都府警の片桐警部が、打ちあけた。

「妙な噂というと、いったい、どんな?」

「実は、京都に、新興の生け花の流派がありましてね。以前もお話しした滝川流のことです。そこの家元である滝川武史が、韓国大使殺害の犯人ではないかという噂なんですよ。現在、滝川は七十歳ですから、その殺害事件があった時は五十四歳でしょうかね。もちろん、その時もすでに家元でしたから、そんな生け花の家元が、韓国大使を殺すはずはないだろう。われわれ京都府警は、そう考えていますが、なぜか、そんな噂が絶えませんね。それで、われわれとしては困っているのですよ。このことについて、十津川さんは、どう思われますか？」

と、これは、ベテランの木村刑事が、きいてきた。

この噂は、すでに十津川も聞いていたし、関心がある。

しかし、十津川にしても何の証拠もないままに、滝川武史という生け花の家元が犯人だとは、断定できない。それに、生け花の家元の存在は、京都では特別なもののはずだ。だから、こちらが知っている滝川流のことを改めて、口にしたのだろう。

十津川は慎重に、

「よく、火のないところに煙は立たないといいますが、おそらく、何らかの理由があっての噂ではないかと、私は、そのように考えていますが」

とだけ、いった。

したがって、生け花についていろいろと調べていることは、この段階では、十津川は口にしなかった。生け花については、東京の人間である自分よりも、京都の人間のほうが、はるかに詳しいだろうと思ったからでもある。

夕食を交えて三時間にも及ぶ最初の打ち合わせを終えて、十津川たちは、京都駅前のビジネスホテルに泊まることにした。そのロビーでコーヒーを飲みながら、亀井が、十津川に、いった。

「滝川武史について、警部は、こちらの推理を何もおっしゃいませんでしたね？」

「今は、いうべき時ではないと思ったからだよ。私はね、三十パーセントくらいは、滝川武史が、十六年前の韓国大使殺害事件の真犯人ではないかと思っているのだが、しかし、今のところ、その証拠がないことだし、この京都では、滝川武史は、かなりの有力者だ。だから、はっきりとした証拠をつかむまでは、滝川流とか、滝川武史の名前は、口にしないほうがいいだろうと思っている。だから、何もいわなかったんだ」

「それにしても、Ｔ・Ｔこと滝川武史容疑者説は、前にも話題になったのに、片桐警部は、なぜ今になって、噂になって困っていると、いったんでしょうか？」

と、亀井が、きいた。

「京都だからじゃないかね」

「生け花の京都だからですか？」

「古い生け花の流派もあれば、滝川流のような新興の流派もあるのが京都だから、どうしても流派の間で、軋轢《あつれき》や、葛藤があるんじゃないかね。前に京都に来た時、他の流派の家元を批判するチラシが、配られていたからね」

「京都というと、物静かで、優雅な町だと思っていたんですが、違いますかね」

「何しろ千年の都だからね。恨みつらみが、千年間、積み重なって、日本で一番、怨霊《おんりよう》が棲《す》んでいるのが、京都だといわれている」

と、十津川が、いった。

「そういえば、いまだに、晴明《せいめい》神社にお参りする人が、いるようですね」

「それだけに、滝川流の家元が、韓国大使を殺したという噂も流れるんだろう。何の証拠もなしにね。だから、京都府警の片桐警部が困っていて、私たちがそうした噂にまどわされないように釘《くぎ》を刺したんじゃないかね」

「それにしても、何か、理由があっての噂なんじゃありませんか？　いやしくも、生け花の家元ですから、殺人の噂にしても、理由があるはずだと思いますが」

と、亀井が、がんばる。

「明日にでも、片桐警部に、きいてみよう」

と、十津川は、いった。

3

翌朝、京都府警本部に行く前に、小林の入院している東京の病院に電話してみると、担当医は、

「依然として、人事不省のままです。よほど、強く殴られたんだと思います」

と、いう。

「意識を取り戻す確率は、どのくらいですか？」

と、十津川は、きいてみた。

「五十パーセントくらいです」

「何とか、助けてやってください」

「全力をつくしていますよ」

医者は、怒ったようにいって、向こうから電話を切ってしまった。

その日、片桐警部の方から電話があって、

「京都人らしい人物を、紹介したいと思います」

といわれて、十津川は、亀井と、晴明神社の近くで落ち合った。

片桐が紹介したのは、六十歳くらいの小柄な男だった。

「大石《おおいし》さん。京都の陰の実力者です」

と片桐がいうと、大石という男は笑って、

「私は、何の力もありません。それに、こんな所でお会いしましたが、安倍《あべの》晴明さんとも何の関係もありません」

「しかし、大石さんは、京都のことは、何でも知っていらっしゃる。知らないことは、何一つないんじゃありませんか？」

と、片桐。

「それより、眩《まぶ》しくてかないまへん。どこか静かな所で、お話ししましょう」

と、大石は、さっさと、歩きだした。


彼が案内したのは、一条戻橋《もどりばし》近くの、フランソワというカフェだった。

昔風のシャンソン喫茶というものらしい。

京都は面白い町で、ヌード喫茶なるものが誕生したのもここだし、その一方で古色蒼然《そうぜん》としたシャンソン喫茶も、立派に現存しているのだ。

中も、昔のままだった。古いボンボン時計が少し傾いてかかっていた。椅子も、テーブルも、アールヌーボー風の木製である。

七、八十歳の女性が、座っている。この店のオーナーらしい。

もちろん、シャンソンがかかっていた。

四人は、奥のテーブルに腰を下ろしコーヒーを注文した。

「よくここへいらっしゃるんですか？」

と、片桐が、大石にきいた。

「二日に一回は来ますよ。ここで、黙って座っていると、昔なつかしいシャンソンが、聞こえてくる。その上誰も来ない。至福の時間を過ごすことができますから」

「私は、別の話も聞いていますよ。大石さんが、ここにいるとわかると、話を聞いてもらいたい人たちが、京都の方々からやってきて、大石さんに聞いてもらう。だから、大石さんは、自然に、京都中のことを知ってしまうという話です」

片桐がいい、大石は、

「それこそ、話半分。それより、今日は何の話でしたかね」

「こちらの十津川さんが、例の滝川流生け花家元の奇妙な噂話の出所を知りたいそうなんです」

「あの奇妙な噂のことですか」

「誰もが知りたい話ですからね」

「室町幕府の頃です」

と、大石は、いきなり本題に入っていった。

「立花という形が生まれてきて、宮中では、花会《かかい》が盛んになっていました。花会で勝った者には足利将軍から花を生ける花器を賜《たまわ》ることになって、当時の名工が、作ることになりました。そうして出来あがったのが、白い肌に野菊をあしらった名器です。通称『朝の菊』と呼ばれる花器で、今に至るも、最高の名器といわれています。

ところが、この名器がしばらく行方不明になっていました。いろいろと、噂が流れました。戦後、アメリカの占領軍が持ち去ったとか、中国人が、大金を投じて、買っていったとか、いわれてきました。京都の生け花の各流派では、どの流派、どの家元も、この名器を欲しがっています。なぜなら、これほどの名器を持てば、流派、家元の自慢になりますし、名声を高められます。

その中で『朝の菊』をもっとも欲しがっているのは、新しい滝川流だろうし、その家元だろうと、誰もが思っています。古くからの流派では、それなりの花器を持っていますが、新進の滝川流では、それに匹敵する名器がなかった。だから、何としても『朝の菊』が欲しい。そのことを、滝川家元自身、隠していません。S新聞との新年対談で、一番欲しいのは、『朝の菊』だといっていましたから。

それが冬季オリンピックの年だったと思いますが、その『朝の菊』が、老舗の日本旅館『藤』の蔵から、発見されたのです。これは、大きなニュースとなり、新聞、テレビが取りあげています。もちろん、真っ先に滝川流の家元が、旅館『藤』の女将に、売ってほしいと申し込んでいます。その時、家元が用意した金額は百億とも二百億ともいわれています。それだけの価値があるということです。もし『朝の菊』が手に入れば、滝川流は生け花の流派の中で、一番有名になることは、間違いありませんから。

ところが、旅館『藤』の女将は、百億円でも、二百億円でも、『朝の菊』は売らないと、いいました。女将は、古くからの流派の幹部でもあるのですが、その流派の家元にも、売りませんでした。彼女の主張は、はっきりしています。一つの流派、一人の家元が、『朝の菊』を手に入れることで、生け花の世界に、つまらない軋轢や争いが起きるのは困るということ。もう一つは、折角の名器なのだから、生け花関係者以外の人にも見てもらいたい。そこで、客室の床の間に『朝の菊』を置き、野菊を一輪挿して、客をもてなすことにしてきたのです。

十六年前の時代祭翌日の夜も、韓国大使の泊まった部屋の床の間に、間違いなく、『朝の菊』を置き、野菊を一輪挿しておいたと女将は証言しています。ところが、その夜、その部屋で大使が殺されて、大騒ぎになりました。捜査に当たった京都府警も、大変だったと思います。何しろ、日韓関係が難しくなってきていた頃ですから、物盗《ものと》りから、政治テロまで、考えられましたからね。

そんな時、今度は、床の間の『朝の菊』が、ニセモノにすりかえられていることが、わかったのです。こうなると、事件の様相が、一挙に拡大してきて、京都府警は、さぞ、大変だったと思いますね。韓国大使を狙った政治テロから、名器『朝の菊』を盗もうとして、たまたま宿泊していた李大使に見つかって殺してしまったという、偶然説まで出てきたのです。

こうなると、京都人の口は、とまりません。何しろ、千年の都です。知事だろうと市長だろうと平気で、噂話のタネにしますからね。たちまち、滝川流家元が噂話のタネになりました。前に、この家元と弟子の女性との関係が噂になったんですが、それと全く同じ調子なのです。大声で、言いふらすんじゃありません。銀行や、お店で一緒になった人に、ささやくんです。それも、ひとり言みたいにですよ。なぜそんな回りくどいマネをするか。自分が、傷つかずにすむからです。そんな京都的な噂は、あっという間に広がっていきますが、根はひとり言だから、責任者もわからないし、なぜ生まれたのかもわからない。滝川流家元に対する噂は、そんな種類のものです」

これで、大石の長い話が、終わった。

「この噂は、どのくらいの信憑《しんぴょう》性があるんですか？」

十津川は、ききたいことをきいた。

「どういうことを、十津川さんは、信憑性といわれているのかね？」

と、大石が、きき返してきた。

「どのくらい強力な証拠があるのかということです。我々警察は、証拠で動きますから」

「それなら、信憑性はゼロです」

と、大石は笑った。十津川は、驚いて、

「ゼロですか？」

「そうです。ゼロです。証拠は全くありません。しかし、京都の人間は、誰でも、知っている話です」

「証拠が一つもないのにですか？」

「一つでも証拠があったら、逆に、そんな噂は信じないし、広がりませんよ」

と、いって、大石は、また笑った。

そのあと、大石は、目を閉じて、店内を流れるシャンソンに聞き入るポーズを作った。

「失礼しましょう」

と、十津川はいい、大石を店に残して、その店を出た。

すぐ近くが、一条戻橋である。

昔から、京都の人たちは、この橋に特別の思いを持っているといわれる。当時の京都の人たちは、一条戻橋のこちら側を、人間の住む町、橋の向こう側を、鬼の棲む所と考えていた。同じような場所が、京都には多い。

六道の辻《つじ》も、その一つだ。六道のこちら側は現世、向こうは死者の世界と考えていたという。そのため、辻の向こうには、死体が、ごろごろ転がっていたらしい。

そんな怖い歴史を持つ京都である。

「証拠が一つもないから、噂が広がるんですよ」

と、大石は、いった。

それを言葉通りに受け取っていいものなのかどうか。

一条戻橋の袂《たもと》に立って、十津川は、考え込んだ。

第五章

誇りについて

京都に住んだことのない十津川から見ると、この町は奇妙に見える。いや、京都の町が奇妙に見えるのではなくて、奇妙なのは、京都人である。

1

今回の事件で京都を再訪して、京都人は不思議だな、と思った。多分、それまでは、外から見ていたのだ。それを、やっと少しは内側から見られるようになったせいかもしれない。京都人である木村警部がそれをよく知っていて、こんなことを十津川に、いった。

「日本には、京都人と日本人の二種類の人間が住んでいる」

つまり京都人自身、自分たちが不思議な人間であることを知っているのだ。逆にいえば、外の人間は、違った人に見えるのか。それを改めて十津川は感じた。とにかく、一見すると表面的には優しいが、しかし何を考えているのかわからない。いや、はっきりと言葉をかわしていても、それが本当の気持ちかどうか、わからない時があるのだ。

そんな思いを抱えて十津川は駅前のホテルに泊まっていたが、朝、少し遅く目を覚ますと、前の大通りを街宣車が大きな声を張り上げて走っていた。

「タキガワタケシよ、目障《めざわ》りだ。さっさとお前の生まれた国へ帰ってしまえ」

それをボリュームを上げて繰り返し、走っていくのである。最初、十津川は街宣車の声が何をいっているのかわからなかった。しかし、しばらくするとまた引き返してきて、スピーカーで大声を上げた。

「タキガワタケシよ、さっさとお前の国に帰ってしまえ。目障りだ」

そう叫び駅前の大通りを何回か往復して走り去ったのである。


今、街宣車のスピーカーが繰り返したのは、確かに「タキガワタケシ」という名前だった。十津川が今調べている生け花の家元の滝川武史のことだろうか。

滝川という姓は、そう沢山あるものではない。とすると、同一の人物なのか。しかし、スピーカーが叫んでいた言葉、

「さっさとお前の国に帰ってしまえ」

というのは一体どういうことなのか。東京の十津川にはわからない言葉だった。

そこで朝食をホテルで済ませた後、京都府警本部に行き、木村警部に会った時に街宣車のことをきいてみた。木村は笑って、

「やかましかったですか？」

と、きく。

「いや、そんな感じはしませんが。京都は静かな町だと思っていたので、びっくりしました」

「まあいってみれば、ああいう街宣車が時々走り抜けるのは、京都の町にとって風物詩みたいなものですよ」

と、いう。

「その時、街宣車のスピーカーが大声で叫んでいたんですが、滝川武史は目障りだからお前の生まれた国に帰れといっていました。あれは滝川流家元のことですか？」

と、十津川はきいてみた。

「京都以外の日本の人々は、滝川の家元の先祖が昔、朝鮮半島からの渡来人だということを知らないでしょうが、京都人は、誰もが、そのことを知っています。確か、百済《くだら》からの渡来人で百済では曹《そう》氏という貴族の出身であり、高貴な一族だといわれています。現在は滝川流の家元で通っていますが、先祖が百済の貴族曹一族であることを誇りに思っています。当然でしょうね。その頃は、日本の人々よりも百済の人々のほうが、文化水準は高かったに違いないからです。その後、滝川流は成功し、大きな勢力になっています。それに対して、年に一回くらい十津川さんが耳にした街宣車が、ああいう大音量を発して京都の町を走り回るんですよ。

まあ、嫌がらせですね。二、三日は続くかもしれませんが、そのうちにやみます。滝川流が金を払い、街宣車のほうは、がなり立てるのをやめるからです。十津川さんはご存じないかもしれないけど、京都は古い町だから、そういう朝鮮半島からの渡来人の子孫というのは多いんですよ。例えば」

と、木村警部が続けた。

「京都には『秦《はた》』という名前にからむ地名があります。通称嵐電《らんでん》に、太秦《うずまさ》とつく駅名がありますが、あれは曹一族と同じように渡来した秦一族が住みついた町だといわれています。秦一族は名前の通り、機織り、つまり織物業を日本に伝えたとされます。秦から羽田《はた》という名前に変わった人もいますが、これはおそらく秦一族だといわれています。朝鮮半島から渡来した秦一族の中から分かれた子孫だと、私は考えています。こうした地名や名前などは、京都は古い町ですからたくさんあって、それについて京都の人は皆さん知っているんですが、それをわざわざ口に出そうとしません。たまに、今日、十津川さんが耳にしたように、街宣車が大声で叫んで走り回ってそれで終わりです。ですから、街宣車の問題は今回の事件とは関係ありませんね。京都では年に一回ぐらい定期的に見られる現象ですから」

といって、木村警部は、笑った。

しかし、十津川は笑えなかった。

「滝川流家元は、朝鮮半島からの渡来人の子孫、曹一族だといわれましたね」

「そうですよ」

「今も曹一族であることを誇りに思っている?」

「そうですね。今でも朝鮮半島に住んでいる曹一族の本家に、一年に一回はこちらの家元たちが、会いに行くといわれています」

「つまり、現在では韓国の曹一族ということですね」

「そうなりますね」

「祭りの夜に殺されたのは、韓国の大使でしたね」

「そうですよ」

「滝川武史は、誇りある韓国の曹一族の末裔《まつえい》だとすれば、同じ韓国の大使を殺すでしょうか?」

と、十津川がいった。

2

木村警部の顔色が変わった。

「そうなんだ、忘れてましたよ。私は京都生まれ京都育ちですから、つい見すごしていました。何といっても千年の都、平城京以前にさかのぼる時代も入れればもっと長い。その間、朝鮮半島から多くの技術者や貴族たちが、この日本にやってきて、当時の都の奈良や京都に住み着き、競うようにして日本の文化を高めていった。別にそれを不思議に思ったことは、なかったですよ。こういう私だって先祖は朝鮮半島からの渡来人かもしれません。だからといって別に、自分を特別に考えたりはしていませんでした。しかし今回は十津川さんのいう通りですね。確かに滝川武史は先祖が渡来人で、曹一族であることに誇りを持っているとすれば、その同じ誇りを持っている韓国の大使を殺す筈がない。そうですよ、そのことを忘れていました」

と、木村警部は興奮した口調で、いった。逆に十津川のほうは冷静になって、

「それに韓国の大使が泊まっている旅館に、その時わざわざ滝川武史が問題の名器を盗みに入るとも思えませんね」

といい、続けて、

「滝川武史の先祖が昔、朝鮮半島から渡来した曹一族の子孫であることについて、詳しく知っている人に話を聞きたいんですが、適当な人はいませんか」

「今もいったように、京都の人はみんな滝川流家元が曹一族の子孫だということは知っていますが、そうですね、その件について話を聞くとすれば、朝鮮半島と日本との関係について歴史的に調べている京大の先生がいますから、その先生を紹介しましょう」

十津川が紹介されたのは、羽田野《はたの》という京大の教授である。

年齢は六十代後半だろうか。十津川が何を教えているのかをきくと、笑って、

「そうですね、日本人の中で京都人という特別な人間が、なぜ存在するのか。京都人とは一体何なのか。それを研究しています」

と、いった。

「羽田野さんというと、やはり秦一族の方ですか？」

「よく、そういわれます。しかし何しろ京都は古い都ですから。果たして私が秦一族の末裔なのかどうかはわかりません。それに、京都には色んな人がいますから、気にもしていませんよ」

といって、また笑った。そんな話の後で、十津川は生け花の家元、滝川武史についてきくことにした。

「私が聞いたところでは、滝川流家元の祖先は昔、百済の貴族の曹一族といわれた人たちで、朝鮮半島からの渡来人だったそうですが、これは本当ですか」

「私が調べたところでは、百済の貴族というのは間違いで、正しくは陶器、陶芸のプロ集団だというのが正しいところです。間違いなく朝鮮半島からの渡来人です。京の町中《まちなか》に住みつき、新しい陶芸の技術を日本に伝えています。その功で当時の天皇から滝川の姓を与えられていますが、その後すぐ生け花の家元になったわけではなくて、その後も日本に陶芸の技術を広めています。中世になって日本に生け花の技術が発達して、家元制度が生まれた後も、滝川家は生け花に使う陶器の『花器』を製造していたといわれます。戦後になって滝川武史が生け花の流派を立ち上げ、滝川流を名乗るようになりました。そして、現在に至っています」

「昨日ですが、ホテルに泊まっていて朝起きたら、ホテルの前を街宣車が『タキガワタケシは自分の生まれた国にさっさと帰れ』みたいなことを怒鳴って走っていましたが、ああいうこともよくあるんですか」

十津川がきくと、また羽田野教授が笑って、

「まあ、時たまあんな妙な街宣車が走りますけどね。いってみれば年中行事みたいなもんですわ。時には『京都の人たちは知っているのか、滝川武史は韓国人だ、気をつけろ』。そんなことを叫んで走ってはることもありますけどね。京都人は、みんな知ってはるんですよ。滝川武史の祖先は昔、朝鮮半島から渡来してきた人だということを。知ってはるけれども、別にそのことを気にしたりはしません。まあ街宣車の人たちは、だいたいが京都人ではなくて他県からやってきて、ワーワー騒ぐわけですけども、まぁ二、三日すればやめるだろうと京都人は笑って見てはります」

「それは、京都人の大らかさなんですかね。私なんか東京の人間ですが、何となく余所者《よそもの》扱いされて、京都に溶け込めないんですが」

十津川がいった。

「それが、京都人の京都人たるところですわ。何しろ千年の都で、千年間も一緒に暮らしてきた仲間ですからね。朝鮮半島から渡来してきた人間だろうと、今もいったように千年、いやそれ以上一緒に暮らしてはるんです。二、三年じゃなかなか余所の人間と仲良くしはりませんが、千年ならもう溶け込んでいますから、同じ京都人です」

「しかし、滝川武史の一族たちは千年以上前に渡来してきた曹一族ですが、そのことを誇りに思っている。そういう話も聞いたんですが」

「そりゃ当然でしょう。誰だって、自分の先祖に対しては誇りを持ってはりますよ。私の先祖ではないかとよくいわれる秦一族の中には今でも一年に一回、韓国へ行って自分たちの先祖の墓にお参りするという人もおります。別にそういうことは京都人として誰も不思議に思っていません」

「つまり、それが京都人の不思議さですか」

「そうでっしゃろうね。そうかもしれませんね。よくいわはりませんか。京都人が『戦後』というと太平洋戦争の話ではなくて『応仁の乱』の話だとか、あれは大袈《おおげ》裟《さ》ですが、まあそういうところがあるんですよ。千年の中にどんなことも溶け込んでしまっとるんですわ」

と、羽田野教授がいった。

「実は東北を走っている仙山線、これは仙台から山形までを、正確には羽前千歳《うぜんちとせ》までを東西に繋いでいる鉄道なんですが、沿線には、作並温泉や山寺（立石寺）がありますす。そこで起きたことを調べているんですが、この仙山線と滝川武史あるいは曹一族とは何か関係がないでしょうかね。そういう話を聞いたことはありませんか？」

「仙山線ですか」

と教授は少し考えてから、

「少し長い話になりますが、構いませんか」

といった。

「参考になるならば、もちろん、いくら長くても結構ですよ」

と、十津川は応じた。

羽田野教授が、話しだした。

「日本と朝鮮、この二つの国の間には不幸な歴史がありました。明治時代の政治家、伊藤博文《いとうひろぶみ》が絶対に朝鮮を日本の植民地にはしないと約束しておきながら、結局植民地にしたばかりではなくて、伊藤博文自身が初代の韓国統監として朝鮮に乗り込んでいき、その為に暗殺されてしまいました。それから三十五年間、朝鮮は日本の植民地だったわけです。

内地つまり、日本も朝鮮も同じと、口にしておきながら、日本は朝鮮の人を信用していなかったし、朝鮮の人も日本人を信用していなかった。それでも太平洋戦争の末期になると日本は兵隊が足らなくなって、仕方なく朝鮮の人々を徴兵するようになりました。その他にも慰安婦問題とか、朝鮮人労働者の強制連行とか色々問題があったわけですが、昭和十七年頃陸軍省から当時の陶芸・滝川流の家元、今の滝川武史さんの曽祖父ですかね、十一代目家元の滝川敬夫《たかお》さんが呼びつけられ、参謀本部で命令されたそうです。『今までの日本国の恩に報いる為に朝鮮へ行き、優秀な男たちを集めて曹機関を作れ。そして東南アジアでゲリラ戦を展開しろ。もし拒否すれば、お前の息子や親族を徴兵し、激戦地に派遣する』と脅かされた。

激戦地に行くというのは当時は死を意味していましたから、嫌といえば罰を与えるという意味ですよね。それで仕方なく十一代目の家元が朝鮮に行って、若者たちを集めて曹機関を作った。曹機関という名称は、あくまでも、朝鮮人が自主的に作ったということにしたんでしょう。そうして陸軍省の命令に従って、ベトナムや当時のビルマやフィリピンなどに派遣されて思想戦を展開したというのです。陸軍省のその命令に反すれば、子供たち、あるいは親族たちが強制的に徴兵され激戦地に送られ、間違いなく戦死してしまう。それには逆らえませんから十一代目の家元は陸軍省の命令に従い、朝鮮に行き、陸軍省の監督を受けながら曹機関を作ったわけです。そして曹一族の中から、または一族に近い若者たちを集めて特務機関として働き始めたわけです。その指導にあたったのは陸軍中野学校の出身者だともいわれています。

そして朝鮮人だけの特務機関は、南方の激戦地あるいは満州に派遣されて、日本軍の出先機関として働き始めました。自分たちが日本の為に手柄を立てなければ同胞がひどい目に遭ってしまう。その気持ちから一般の日本兵以上の働きをしたといわれています。その為、最初のリーダー滝川敬夫さんは間もなく戦死、そして二代目のリーダーとして曹一族の末裔の中から曹憲永《そうけんえい》さんが曹機関のリーダーとなりました。その頃は南方へ行く船もなくなったので、主として満州あるいは中国北部で日本陸軍の手先として活躍していた。その為に同胞である朝鮮人のスパイ活動を摘発したりしたこともあったそうです。そして、終戦。この時、曹機関の人たちは釜《プ》山《サン》の近くにいたといわれています。そして朝鮮は、北から入って来たソビエト軍と、南から上陸したアメリカ軍によって、南と北に分断されました。しかし、よく調べてみると最初に北緯三十八度線で南と北に分割したのは日本軍です。本土決戦ということになって、日本陸軍は朝鮮を北と南に分け、三十八度線以北を関東軍が、三十八度線から南を、特別に作られた第十七方面軍が守ることに決まったわけです。そして本土決戦に備えていた時に、終戦になってしまった。北朝鮮の方は、満州から入ってきたソビエト軍が占領し、そこに朝鮮民主主義人民共和国を作り金日成《キムイルソン》がそのリーダーになったわけです。南朝鮮の方は一歩遅れてアメリカ軍が九月八日沖縄から仁川《インチョン》に上陸して、慌ててソビエト軍との間を北緯三十八度線で分割して、それぞれ占領することになったわけです。

南朝鮮の独立は、少しばかり揉《も》めました。まずアメリカ軍が進駐して日本軍の第十七方面軍との間に、九月九日に降伏文書が調印されて、一時沖縄と同じように米軍の統治下に置かれたわけです。その後、中国が支持する呂運亨《ヨウニョン》という政治家が南朝鮮のリーダーになるはずでしたが、左傾化が強いということで米軍が拒否し、その後アメリカに亡命していた李承晩《イスンマン》という古い政治家が、米軍の指示で初代大韓民国政府の大統領になりました。その間も南朝鮮の社会の中では混乱が続いていました。最も朝鮮人、韓国人の憎しみを集めたのが、曹機関のリーダー曹憲永さんでした。当時彼は四十歳の働き盛りで、家族もいました。このまま捕まってしまえば、間違いなく、朝鮮人の敵として、処刑されてしまうでしょう。しかし米軍が占領しているし、日本軍は解体されてしまったので、日本陸軍は彼を助けることもできない。そこで京都にいた滝川家が、密《ひそ》かに米軍占領下の南朝鮮に密航し、曹憲永さん一家を南朝鮮から脱出させたわけです。

しかし、日本本土もまた米軍の占領下に置かれていました。日本は敗戦国です。

そのうえ、日本を占領したマッカーサーのGHQが戦犯を逮捕して裁判にかけることをしていました。大韓民国政府からの要請があれば間違いなく、曹機関のリーダーだった曹憲永さんも逮捕され、処刑されてしまうだろう。だからといって京都の家元のところに匿《かくま》うわけにもいきません。太平洋戦争末期、京都の家元たちは、それぞれ爆撃や本土決戦に備えて家族たちを疎開させる場所を、作っていました。京都の人たちというのは大体、京都の近くに別荘を持ち、当然そこを疎開先にしていたわけですが、滝川家はそうした京都のやり方ではなくて仙台の北の一角に土地を買い、そこに別荘を作っていました。その辺りが彼らの先祖が、昔住んでいた南朝鮮、あるいは百済の風景に似ていたからだといわれています。戦争が始まるとその別荘の近くに畑を作り、いつでもそこに疎開できるようにしていたといわれていきます。そこには僅《わず》かながらも茶畑が作られていたともいわれて、写真も残っています。地理的にいえば、仙台市の北、仙山線でいえば現在なくなっている八ツ森駅の近くだと思われます。当時は国鉄の仙山線で、八ツ森駅も一般の駅として開業していましたから」

と、羽田野教授がいった。

「今の先生の話は本当でしょうね」

「写真もありますよ、お見せしましょう」

羽田野教授は、アルバムに貼った写真を何枚か十津川に見せてくれた。確かに国鉄時代の八ツ森駅が写っていたり、山あいの農園が写っている。茶畑もあり、その近くに別荘が建っている。そして「滝川農園」と書かれた小さな札が立っていた。

「この滝川農園はいつまであったんですか？」

「ここに匿われていた曹憲永さんは、オリンピックの翌年の昭和四十年に、六十歳で亡くなりました。家族もいたんですが、家族は現在京都に移住し、郊外に住んでいます。そこにあった農園と別荘は、なくなって、跡形もありません」

「それでは、京都の郊外に移住した曹憲永さんの家族は現在、何をされているんでしょうか？」

十津川がきくと、羽田野教授はうなずいて、

「それがなんと、曹一族の血筋というのか、陶芸関係ですね。それも、生け花に使う花器を製造し、販売しています。それで滝川流のお弟子さんたちもそこに行って、花器を購入しているそうです」

と、教えてくれた。

「これも、われわれ警察が捜査している段階で名前が浮かんできているんですが、

京都の有名な老舗和菓子店『やまなか』のことは、ご存じですか？」

「もちろん知っています」

「そこの和菓子店に愛《めぐみ》という娘さんがいるんですが、今から十五年前に、八ツ森駅に売店がありそこで働いていたというんですが、このことについては何か聞いたことはありますか？」

「いや、何も聞いていませんが、そういうことなら鉄道の関係者にきけばいいし、その店の人に直接きいたらどうですか？」

といわれてしまった。

そこで十津川は、質問を変えた。

「先日、網走刑務所で病死した無期懲役の囚人がいるんです。名前は堀友一郎といいますが、この堀友一郎が亡くなる前に、例の十六年前の事件の時に、たまたま問題の旅館に忍び込み犯人を見た可能性があります。犯人の名前はT・Tといい残しましてね。我々はそのイニシャルが、滝川流の家元の滝川武史ではないかという情報も得ているんですが、こんなことが、あり得るでしょうか」

3

「十津川さんがそれを信じたのは、まだ滝川武史家元が朝鮮の曹一族の末裔だということを知らなかったからでしょう？」

「そうなんですよ。それで、朝鮮の曹一族の流れを汲《く》む滝川武史がルーツを同じくする韓国大使を殺すはずがない。そう思いついたんですが、今申し上げた堀友一郎の最後の言葉、あの事件の犯人はT・Tだという言葉が忘れられないのです。無期懲役の囚人がT・Tと書き残した。それは旅館に忍び込んだ時、犯人の顔を見ているから、滝川武史つまりT・Tと明記したんじゃないか。そう考えることもできると思っているんです。羽田野さんは滝川流家元についてもよく知っておられるので、こうした矛盾はどう解釈したらいいと思われますか？」

と、改めて十津川がきいた。

「そうですね、私ならこんなふうに解釈しますね。朝鮮民族には、李《イ》さんとか、金《キム》さんとか朴《パク》さんとか、姓の種類はあまり多くありません。という事は先祖を辿《たど》っていけば、同族という可能性もあるでしょうね。例えば滝川流家元、つまり曹一族の末裔ですが、その人と十六年前に殺された韓国大使の李さん。それが親しいとすれば、たまたま京都に来ている李大使に会いたくて、夜遅く大使を滝川流家元が訪ねていったんじゃないでしょうか。あの旅館『藤』は確か客室の棟が別々になっていますから、旅館の玄関から入っていかなくても訪ねていけますよ。それに、前もって女将さんにでも断っておけば、直接別棟にいる李大使を訪ねていっても、別におかしくはない。そして夜遅くまで歓談していたんじゃないでしょうか。それをたまたま、忍び込んだ人間が見ていた。もし、滝川流家元が何かを盗もうとして、その旅館の別棟に忍び込んだとしたら、顔を隠しているでしょうから、堀友一郎という男が滝川流家元だと確信するのは難しいと思うんです。明るい所で二人が歓談していれば顔はわかりますからね。後から確認して、あの時見たのは滝川流家元だと思ったんじゃありませんか」

と、羽田野教授がいった。

確かにその言葉は納得できるものだった。

「羽田野先生にもっと色々と京都のこと、生け花の家元について話を聞きたいと思うんですが、もう一度お会いできませんか」

十津川がいった。

「それなら明日、嵐山《あらしやま》にいらっしゃいませんか。そこに『嵯峨野《さがの》』という湯豆腐のお店があるんですよ。私は時々そこに湯豆腐を食べに行きます。明日の昼食をどうですか。そこでお会いしませんか？　京都の食事は高いといわれていますが、湯豆腐は大体金額が決まっていて、われわれ勤め人にも無難な値段ですから時々食べに行くんです。どないですか」

と、逆に誘われた。

4

翌日十津川は、亀井を連れて嵐山に向かった。嵐電（京福電気鉄道嵐山本線）で終点の嵐山で降りる。そこから歩いてすぐの所が嵯峨野である。有名な竹林が広がっていて、観光客が溢《あふ》れていた。

その一角に、「嵯峨野」という名の湯豆腐の店があった。かなり大きな店である。確かに京都の料理といえば、それぞれいい値段である。しかし湯豆腐のほうは、どこの店でも大体二、三千円台で勤め人でも手の届く値段だった。その「嵯峨野」の店の前で羽田野教授と落ち合った。改めて亀井刑事を紹介し、三人で湯豆腐を囲むことになった。

最初は事件については口に出さず、京都人というものがどんなものかきいてみた。

羽田野教授は、まず笑顔になって、

「京都人ですか。不思議な人たちですよ。つくづくそう思いますよ。大雑把《おおざつぱ》にいえば、子供じゃない、大人だということです。東京人や大阪人に比べてというか、他の日本人に比べてと、京都人はよくいうんですが、ガキじゃない、と自分のことをいうんですね。逆にいえば、可愛くない」

「例えばどんなことですか？」

と、亀井がきいた。

「簡単に怒ったり泣いたりはしないんです」

「なぜしないんですか」

「そうですな、意地悪くいえば自分が傷つくのが嫌だからでしょうね。だから、銀行か郵便局に行って、窓口の態度が悪いとしても、京都の人間は、その時は直接窓口の人間に対して怒ったりはしないんです」

「どうするんですか？」

「そばに、他のお客さんがいるとしましょう。そのお客さんにいうんですわ。例えばこんなふうに。『この銀行、あるいは郵便局は、もう何年も来てるんですけど、いつ来ても窓口の人が丁寧で、お陰でのんびりと何時間でも待つことになるんですよ。本当に優雅な方で、急がされたことは一度もありませんわねぇ。お宅もそうでっしゃろ。これでゆっくりと時間があるからお話できますわねぇ』。こんな話をするわけです。わざと窓口の人に聞こえるように」

「それでも窓口の人が気がつかなかったらどうするんですか？」

と、亀井がきいた。

「気づくと思って話してるわけですから、もし気がつかなければ、もうそんな郵便局には来なくなるし、銀行からは黙って預金を下ろしてしまう。鈍感な窓口の人だったら永遠に気がつかないでしょうね。お得意さんがなぜ突然預金を下ろしてしまったのか、来なくなってしまったのか、永久にわからないでしょう」

「他にも京都人的な意地悪はありますか？」

「知り合いの娘さんに、京都のデパートで店員をやっている人がいるんですわ。二十五、六歳ですかね。その人もちょっと意地悪な人なんですよ。そこの売り場に、ある時有名な俳優さんが来たことがあったそうです。サングラスを掛けて帽子を目深に被《かぶ》っているので、自分では変装したつもりでしょうけど、誰が見たってテレビや映画で有名な俳優さんだとわかるんです。普通、京都人以外の店員さんなら笑顔で迎えて、『よく映画やテレビで観てますよ』とはしゃぐところでしょうが、その娘さんは意地悪だからわざと知らん振りをしたそうです。でもそれだけじゃ意地悪にならしません、その俳優さんの出ている映画とかテレビの話をする。『あのなんとか役の俳優さんは演技が好きなので、私ファンなんです』みたいなことをいうわけですよ。そうすると俳優のほうは、自分のことを気づいているのかそうじゃないのか、わからなくなってくる。そうなると迷ってしまうわけですよ。そうして応対し、最後まで相手を知っているような、知らないような、あやふやな態度のままに品物を売って帰してしまうんですわ。俳優さんのほうは、何となく奇妙な気持ちになって帰っていくわけです。あの女性店員は俺のことを知っていたのか、知らないのかわからない。そして、色々と考えてしまう。そんな意地悪を楽しんだそうです」

「そういえば」

と、十津川がいった。

「先日、街宣車が滝川流家元はさっさと国に帰れみたいなことをいって走り回っていましたけど、今日は走っていませんでしたね」

　これに対しても、羽田野教授は笑って、

「そうでしょう。まあ、一日か二日でやめてしまいますよ。たぶん、お金を払ったんだと思いますね。喧嘩《けんか》をしてもしょうがないと家元のほうは思っているんです。京都の街宣車だとは思えませんね。そんな馬鹿なことはしないから。だってそうでしょう。京都の人間が、滝川流家元は渡来人の子孫で、祖先一族の名は曹ということを知らなければ、街宣車でがなり立ててもみんなびっくりして効果がありますけどね。京都の人間はほとんどが知っているんですよ。いくら街宣車ががなり立てても効果はないんです。だから、簡単に金であしらってしまう。たとえば、タクシー会社、あるいは旅館やパチンコ店などを経営している、朝鮮から渡来した人たちの末裔がいますけどね。皆さん、その人たちのことは知っているんです。だから、時たま街宣車がやってきて、そのパチンコ店で遊ぶのはやめろみたいなことを叫びますけどね。京都の人間は笑ってますね。そんなことは知っていて遊んでるんですわ。何しろ、街宣車でがなっている人たちは京都人じゃないし、こちらはパチンコ店のオーナー一家と千年以上も付き合っているわけですから」

「羽田野先生は、大石という人を知っていますか？　片桐警部に紹介されたんですが、京都の陰の実力者だといって」

十津川がきいてみた。

「知っていますよ。皆さん」

今度もまた羽田野が笑って、

「確か、大石家というのも代々続いている名家で、京都御所の近くに住んでいましてね。大昔から、何かあると出てきて争い事を鎮めるといわれています。まあ、現代の妖怪といったらいいんじゃありませんかね。いつもは表に出てこないけれども、京都人というのは割とそういうのが好きなんですよ。面倒なことはそういう人に任せるのが好きなんです。何か問題が起きると出てくるという」

「警察には任せないんですか」

と、亀井がきいた。

「なるたけ、警察とか政治家には任せないのが京都人ですから」

「『朝の菊』という有名な花器があって、それが十六年前の事件の時に偽物とすり替えられたという話も、先生はご存じですか？」

十津川がきいた。

「もちろん、知っていますよ。あの時は大騒ぎでしたからね」

「滝川流家元の滝川武史が、どうしてもその花器が欲しくて、旅館『藤』に忍び込んで盗んだという噂もあるんですが、それについてはどう思われますか？」

「まず、ありえませんね」

「どうしてそう、思うんですか？」

「京都人の行動じゃないからですよ」

「それ、もう少し詳しく説明してもらえませんか」

「今、観光客がいっぱい来ていて、外国人なんかは貸衣装を着て着物姿で四条通を歩いていますが、ああいうことは京都人は絶対にやりません。初めて京都に来た人たちが驚くのは京都の人間は、男も女も着物を着ていないことだといいますね。京都の人が着物を着るのは祇園祭《ぎおんまつり》の宵山《よいやま》の浴衣《ゆかた》ぐらいで、いつもは絶対に着ていません。なぜ着ないか、わかりますか？」

と、逆に羽田野がきいた。

「着物を着るのがめんどくさいからですか」

「いや、違いますよ。これは京都が千年の都であることとも関係するんですが、京都人というのは、皆さんそれぞれひとかどの、目利きなんです。何しろ着物にしろ、お茶にしろ、生け花にしろ、千年ですからね。一般の京都人でもそれなりに通じているんです。だから、小さな店の店番をしているお婆さんだって、着物についてはは見識があるでしょうから、場違いな着物を着ていれば、すぐいわれてしまうんです。それが怖いから京都の女性たちは、男性もですが着物を着ない。それがお茶や生け花についてもいえるんです。皆さん『朝の菊』という名器は現在、老舗旅館『藤』が持っていることは知っていますからね。盗んでそれをどこかで見せようとしたら、『ああ、あの旅館から盗んできた物だ』と、すぐわかってしまう。だから家元の滝川さんが盗むなんてことはありえないんです」

「しかし、どうしても欲しいとなったらどうしますかね？」

「たぶん、自分でそれより優れた物を作ろうとするでしょうね」

と、羽田野がいった。

しかし、十六年前の事件の夜、旅館「藤」にあった名器「朝の菊」が盗まれたのも事実である。すり替えられたのだ。誰かが盗んだのである。そして、その名器は今どこにあるのか。十六年経った今も、それは不明のままである。

大石という得体の知れない男と話した時もそうだったが、今日、羽田野教授と話していてますます、十津川は京都という町、そして京都人というものがわからなくなっていった。

一番ショックだったのは、現在、自分が担当している事件について、こちらの考えていたことが、あっさり引っくり返されてしまったことだった。

例えば、曹一族とか、曹機関の話だとか、十津川は全く知らなかった。

京都案内の本を開いても、書かれていない。

しかも、京都人は、みんな知っているのだ。だから京都人は、誰もいわないのだという。

十津川は、亀井と、ホテルに戻ってから、

「参ったな」

と、笑った。

「こうなると、十六年前、京都の旅館『藤』にある『朝の菊』を奪おうと、滝川流の家元が忍び込んで、たまたま泊まっていた韓国大使に見つかって殺したというストーリーは、これで消えましたが、なぜ、早く、府警本部は、話してくれなかったんですかね」

亀井が、文句をいう。

「京都の刑事にとっては、わかりきったことだったからだろう」

「しかし、こっちは、曹一族の話も知らないし、曹機関の話だって知りませんよ」

「だから、京都人は、意地悪だって、向こうがいってたじゃないか」

「これから、どうしますか？　京都千年の歴史を勉強し直しますか？」

「そうだな。もう一度、仙山線に乗りに行こう」

「何のためですか？　事件の核心は、この京都にあると思いますが」

「しかし、始まったのは、仙山線の八ツ森駅だ」

と、十津川は、いった。


京都府警には、東京に帰るとだけいって、十津川たちは、仙台に向かった。

仙山線に乗る前に、二人は、仙台駅傍にあるＪＲ東日本仙台支社を訪ねた。

そこで、仙山線の歴史資料を見せてもらうことにした。

一九二九年一部開通、三七年全通とある。昭和十二年である。もちろん、国鉄時代の話だ。そこに、八ツ森駅の名前もあった。

沿線案内を読んでいくと、昭和十五年（戦前風にいえば、皇紀二千六百年）に、仙台市の北の郊外（八ツ森駅周辺）に、京都の家元が別荘を造ったと記され、その写真も、載っていた。

十一代目家元、滝川敬夫の写真と、談話が、載っていた。

「この周辺の景色が気に入って、別荘を建てました」

真がある。

そして、もう一枚、さして広くない畑の中に、農民姿で立っている滝川敬夫の写真がある。

「月に一回くらい、ここに来て、自然に親しみ、農業のマネゴトを楽しんでいます。京都人らしく茶畑も作ろうと思います」

このあと、滝川敬夫は、陸軍省に呼ばれ、日本軍に協力する曹機関を作ることを命令されたのだろうか。

仙山線各駅の歴史や、写真も、載っていた。

八ツ森駅に、売店が設けられた時の写真もあった。

「八ツ森駅には、売店もあったんですね？」

と、ＪＲの担当者に十津川がきいた。

堀友一郎が、見た売店は、臨時のものだったのだ。

「それは正しくは国鉄の売店ではないんです。戦後、まだ、八ツ森駅の傍に滝川流家元の別荘があった頃で、滝川家が売店を出してくださったんです。経費は全て滝川家持ちです。うちとしては、助かりました」

「十六年前の客が多い頃もですか？」

「さあ、その頃はもうなかったんではないですか。くわしくは、わかりません」

「売店があった当時、そこで働いていた人も、仙山線の人間ではなかったわけですね？」

「正しくは、そうです。委託と記されている時もありますが、全て、滝川流家元の経費から出ていました」

「別の案内に滝川家の別荘のことが、書かれていたこともあったんですか？」

「それは、ありません。ただ一時〝『滝川農園』まで二百メートル〟という看板はありました」

と、教えてくれた。

「八ツ森駅に駅員がいたこともあったのですか？」

「ええ、ありました。ただ、紅葉の頃の繁忙期だけですからあくまで臨時のものです」

「今、その駅員の方は、どこにいらっしゃいますか？」

「JRを退社して、作並駅の売店で、アルバイトをしていたはずです。名前は、河《こう》野《の》秀《ひで》夫《お》さん。六十代の方です」

と、教えてくれた。

十津川たちは、そのあと、仙山線で、作並駅に向かった。

作並駅は、快速の停まる駅だが、無人（簡易委託駅）である。

それにしては、乗客で賑わっているのは、広瀬川沿いの温泉地だからだろう。

売店には、小柄な男性がいて、土産物を売っている。

十津川が、警察手帳を見せ、河野秀夫と確認してから、話を聞くことにした。

快速の発着時間以外は、空《す》いていた。

「駅の近くに、滝川農園と、別荘があることは知っていましたが、有名な生け花の滝川流と関係があるとは知りませんでした」

と、河野はいう。

「何か事件があったことは、ありませんか？」

と、十津川が、きくと、

「私の前の駅員の時だから、昭和三十年頃だと思います。あの別荘で火事があって、警察は、放火と疑って調べたそうです。それが、別荘の当主が、自分が、暖炉の火をつけたまま、眠ってしまったといって、失火だったといいます。そのあと、しばらく、別荘は、留守になっていたそうです」

「他に、何か、覚えていることは、ありませんか？」

「これも、前の駅員の時ですが、別荘に住んでいるのは中年の男だが、京都の滝川流家元と、どんな関係なのかとか、戦時中、何をしていたのかと、しつこくきかれたと、いっていました。新聞記者風の人間や、外国人にです」

「ほう、外国人にですか?」

「アジア風の外国人だったといいます」

「滝川家の別荘に住んでいるのは、正確には、何という人だったんですか?」

「確か、木村《きむら》さんと呼ばれていました」

「その木村さんですが、その後どうなりました」

「その方は、昭和四十年、東京オリンピックの翌年に、亡くなりました」

「お葬式は、どんな具合でした?」

「肉親による密葬というんですか。質素なものでしたよ。そのあと、別荘も、農園も、あっという間に、消えてしまいました」

「十五年前にも、八ツ森駅に、売店があったといわれるんですが、記憶がありますか?」

「あったと思います。と、いっても、京都の滝川家が、前からの縁で、経費を全部出してくれたんで、うちの売店とはいえませんが」

と、河野は、笑った。

十津川は、持ってきた山中愛《めぐみ》の写真を見せた。

「この女性は、京都の老舗和菓子店の娘さんで、山中愛。その売店で働いていたそうなんですが」

「山中愛さんですか？」

「高校一年でした」

「覚えていませんが」

と、いってから、

「当時、撮った写真があるので調べてみます」

と、約束した。

十津川は、作並温泉に泊まることにした。

地方の温泉でも、観光ブームのせいか、ホテルが、軒並み、大きくなっている。十津川が、チェックインした広瀬川沿いのホテルも、大改造されていた。それに、外国人客が多かった。

夜になって、河野が、大きなアルバムを、何冊も抱えて、来てくれた。

カメラが唯一の楽しみで、八ツ森駅にいた時、駅や、駅周辺の写真を撮りまくっていたと、いう。

十津川と、亀井は、そのアルバムを、片っ端から見ていった。

快速が停車している写真もあった。そんな時もあったのだ。

問題の別荘と、滝川農園の写真もあった。

別荘の住人、木村某の写真とその葬儀の写真もあった。

そして、八ツ森駅の売店の写真。

これが、何冊ものアルバムに、載っていた。

小さな八ツ森駅の売り物だったのだろう。

「あった！」

と、叫んだのは、亀井刑事だった。

小さな売店の中で、少女が、微笑《ほほえ》んでいる。

高校一年生の山中愛である。

今まで、東北の仙山線の小さな駅の売店で、京都の有名和菓子店の十五歳の娘が、アルバイトで働いていたというのが、どうも納得できなかったのである。

八ツ森駅が、戦中から、京都の華道の家元と関係があったとすれば、納得できた。

「問題は――」

と、アルバムを見終わってから、十津川が、亀井にいった。

「堀友一郎が、十五年後の死ぬ直前に、『京都の殺人犯はT・Tだ』と、山中愛に書き残したことと、三十歳になった彼女が、『T・Tは、滝川武史』と、書いたことだな。それをどう解釈するかだ」

第六章

歴史認識の罠

1

十津川の頭の中で生まれた推理は、次第に形を整え、確固としたものになっていった。

それは、京都に滞在し、さまざまな、京都をよく知る人々に会って話を聞いた結果だった。

亡くなった堀友一郎が書き残したT・Tとは、生け花の家元滝川武史であることが、わかった。

しかし、十津川は、この滝川流の家元が朝鮮半島から渡来した曹一族の子孫であることは、知らなかった。

さらに、京都の人たち誰もが、そのことを知っているということを、十津川は、初めて知った。それが、殆《ほとん》ど問題にならないでいることが、不思議だったのだが、京都に来て、納得した。「日本には、京都人と日本人の二種類の人間が住んでいる」という言葉である。千年の古都は、その昔、渡来人を京都人として受け入れたのだ。千年も前である。

十津川は、京都に着いて早々、「滝川武史は韓国へ帰れ！」という街宣車の叫びに驚いたが、京都人は、笑って、「時々あることで、二、三日で静かになりますよ」と、いっており、その通りになった。滝川武史の一族は、千年前から京都人だから、街宣車の叫びくらいでは、びくともしないのだろう。その一方で、滝川武史は、祖先が朝鮮の生まれであることに誇りを持ち、毎年韓国にある曹一族の本家に、会いに行っているという。

そして、問題は、十六年前の時代祭の翌日に起きた殺人事件である。李《イ》韓国大使夫妻は、京都の老舗旅館「藤」に泊まっていた。妻は薪能を見に行っていて、李大使ひとりが、離れにいたのだが、何者かに殺されてしまった事件である。

京都府警の懸命な捜査にも拘《かか》わらず、十六年経った今も、解決せず、迷宮入りになっているのだ。

それが、ここにきて、突然、解決のきざしが見えてきた。殺人などの罪で網走刑務所に入っていた堀友一郎が、病死寸前、「犯人は、Ｔ・Ｔ」と書き残して、十津川に頼んで渡そうとした相手が、京都の有名な和菓子店の娘山中愛《めぐみ》であり、李大使夫人静子の姪だったからである。

その山中愛は「Ｔ・Ｔは滝川武史」と示したため、がぜん、十六年前の殺人事件が、見直されることになったからである。しかも、京都の生け花の家元、滝川武史が、浮かび上がってきたのである。

十津川は、堀友一郎と関係があったことから、十六年前の殺人事件の捜査に参加することになった。

京都に行き、最初は、T・Tこと滝川武史が、容疑者ではないかと、推測したのだが、彼が、渡来人、曹氏の子孫であり、先祖に誇りを持っていることを知ってから、十津川の考えが変わった。

新しい十津川の推理は、こうである。

十六年前のあの夜、堀友一郎は、旅館「藤」に盗みに入った。離れに、貴重品があると知って、離れに侵入し、その時、滝川武史を見たのだ。

京都人でない堀友一郎が家元滝川武史の顔を知っていたとは考えにくいから、泊まり客の李韓国大使と一緒にいるところを見たのだと思う。李駐日韓国大使のことは、新聞、テレビで、報道されていたから、「韓国大使と一緒にいる日本人の男」と見たのだろう。

その後、堀は、ニュースであの夜、李大使が殺されたことを知った。とすれば、一緒にいた日本人が怪しい、犯人だろう、と考えたが、それを、警察に知らせることはしなかった。堀自身が盗みに入っていたからだ。

堀は、その後殺人事件を起こして捕まり、無期懲役となり、最後は網走刑務所に収監された。この後刑務所内で、どうやって調べたかわからないが、堀は、あの夜、韓国大使と一緒にいた日本人が、京都で有名な生け花の家元滝川武史と知ったのだ。

しかし、そのことを、警察には教えなかった。多分、このまま模範囚として過ごしていれば、いずれ仮釈放となり、その時に利用できるとでも考えたのだろう。

それが果たせないままに、余命短い病気になった。そうなると、その秘密を誰かに教えたくなった。が、警察には教えたくない。だから、一番記憶に残っている山中愛に教えた。彼女は、たまたま、京都の有名な和菓子店の娘で、殺された李大使夫人の姪だったから、T・Tは、すぐ、生け花の家元、滝川武史とわかった。

そんな情報を集めた結果、十津川は、滝川武史を犯人と考えたのだが、この家元のことを調べていくうちに、犯人は別にいると考えるようになった。滝川武史が、韓国大使を殺すわけはないからだ。

しかし、そうなると、新しい疑問が生まれてくる。

第一の疑問は、十六年前のあの夜、滝川武史は、何のために、旅館「藤」の離れで、李大使と、会っていたのかということである。京都府警の調書でも、あの夜、李大使が滝川武史に会ったという記録はない。また、旅館「藤」の主人や使用人にも、あの夜、滝川武史が訪ねてきた記憶はなかった。

と、すれば、李大使がひそかに、滝川武史を呼んだのか、逆に滝川の方が、ひそかに会いに行ったことになる。それを、たまたま盗みに入った堀友一郎に見られてしまったのだ。

いったい、何の用が、あったのか？

十津川は、京都府警の片桐警部に、相談することにした。

片桐は、十六年前の事件が迷宮入りしたあとも五人で、捜査を続けている専従班のリーダーである。

二人は、話し合ったあと、四条にある滝川流のビルで家元の滝川武史に会った。

会うなり、片桐警部が、単刀直入に、きいた。

「十六年前の事件の夜、家元が、ひそかに、旅館『藤』に宿泊中の李大使に会いに行ったという噂があるんですが、本当ですか？」

しかし、滝川は、反射的に、首を横に振って、

「それは全くの嘘です。大使に会いに行ったりはしていません。第一、用事がありません」

「目撃者がいるんですがね」

「それなら、その目撃者を連れてきてください」

と、いう。隣から、十津川が、

「われわれは、あなたが、大使を殺したとは思っていません。犯人は別にいると思っています。その犯人を逮捕するためにも、あなたが、何の用で、大使に会いに行かれたのか、逆に大使が、何の用であなたを、ひそかに宿泊先に呼んだのか知りたいんです。ですから話していただけませんか？」

と、頼んだ。が、滝川は、

「行ってないし、会ってもいませんよ。これが事実です」

といって、取りつく島がなかった。

二人は、外に出ると、近くのカフェで、窓の外の滝ビルを見ながら、改めて善後策を話し合った。

「目撃者の堀友一郎は、死んでしまっているから、滝川が否定したら、どうしようもありませんね」

と、片桐は、舌打ちした。

「同感ですが、滝川の様子で、一つだけ、気づいたことがあります」

と、十津川が、いった。

「何かありましたか?」

「私が、何の用で大使に会いに行ったのかときいた時、滝川の表情は全く動きませんでしたが、続けて、何の用で、大使があなたを呼んだのかとき直した時には、かすかに顔が動きました」

「本当ですか?」

「確かです。ですから、あの事件では、大使の方に、用があって、滝川武史を呼んだんだと思います」

「しかし、それで、捜査は進展しますか?」

「そこが、全くわかりません」

十津川は、正直にいった。

それでも、この件について、二人は、コーヒーを何回か追加注文しながら、意見を戦わせた。

「個人的な用件だったのかもしれません」

「しかし、それなら、滝川が、頑強に否定する理由がありません」

「そうなると、政治的な問題か、または個人的な問題だが、一歩間違うと、政治化するおそれもある問題ということになってきますね」

「だから、滝川が、話そうとしないのか」

「そんな問題が、十六年前にありましたかね」

「李大使は、翌日、帰京することになっていましたから、滝川武史に、何か頼みたいことがあって、彼をひそかに呼んだことになりますね」

「十六年前のあの頃、そんなに難しい問題がありましたかね？」

「時代祭の翌日でしたね」

「しかし、時代祭は、韓国とは、関係ないと思いますよ」

「そうなると、何の用件で、大使は滝川武史を呼んだんですかね。それがわからないと、推理が進められなくなりますが」

しばらく二人は、黙りこんでいたが、十津川が思い出したように口を開いた。

「あの頃、名器といわれる『朝の菊』という名前の花器が、失《な》くなっていましたね。先日、会った、京都の陰の実力者といわれる大石氏によると、室町時代に作られた大変な名器という『朝の菊』ですよ」

「そうです。持ち主は、旅館『藤』の主人で、あの夜、李大使が泊まった離れに飾られていたと聞いています」

「それが、いつ失くなったか、はっきりしていますかね？」

「あの時は、大使が殺されたというので、問題の離れに、京都府警の刑事たちが殺到して大変でした。そんな現場で、誰も、花器のことなど、話題にしなかったんです。花器がニセモノにすりかえられていたことに気づいたのは、事件の翌日です」

「それは、刑事の誰かが、気付いたんですか？」

「いや、府警の刑事たちは、誰も、花器のことなんか、全く頭にありませんでしたよ。気づいたのは、旅館『藤』の主人です」

「それからは、府警も名器『朝の菊』のことを捜査の中に入れて動いたんですか？」

「一応は、刑事たちに、『朝の菊』の写真をコピーして配りましたが、やはり、犯人探しの方に気が行って、花器には、注意が行きませんでした。大変な名器ということですが、刑事には、わかりませんから」

「しかし、事件の直後に失くなっていますから、気になります」

「しかし、あの花器は、中世に、日本の名人が作ったもので、朝鮮とは関係がないと、聞いていますよ」

「京都で陶器類に詳しい人を教えてくれませんか。『朝の菊』について、調べたいのです」

「自分で、窯《かま》を持っている吉田正志斉《よしだせいしさい》という方が一番だと思いますが、十六年前の韓国大使殺しとは、関係ないと思いますが」

「とにかく、話を聞きに行きます」

十津川は、紹介された吉田正志斉に、会いに行った。

京都の奥、大原に窯を持ち、今でも自ら作陶しているという八十七歳の陶工だった。

「生け花の世界で、今も名器といわれる『朝の菊』についておききしたいのですが」

と、十津川がいうと、吉田は、ニコリともしないで、

「花器のことなら、生け花の家元にきいたらいい」

と、そっぽを向いて、いう。

「生け花の家元は、本当のことをいってくれないと思います」

と、十津川がいうと、急に、こちらに目を向けた。

「どうして、そう思うんだね？」

「花器に欠点があっても、正直にいってくれるとは、思えないからです」

「それだけかね？」

「他に何かありますか?」

「帰ってくれ。そんなことは、私にきくことではないよ」

吉田は、また、横を向いてしまった。

むっとしたが、十津川は、同時に、この老人は、何か大事なことを知っていると感じた。

(それは、いったい何なのだろう?)

「早く帰れ。時間を無駄にした」

と、吉田はいい、奥へ入りかける。

「中世の名工が、作ったものではないんじゃありませんか?」

「駄目だ。家元たちに殺されるぞ」

「あなたが作ったものですか?」

「馬鹿者。時間を無駄にした。帰れ!」

吉田は、奥に入り、ぴしゃりと障子を閉めてしまった。

その障子に向かって、十津川は、やけくそで叫んだ。

「あれは、花器じゃないんだ!」

とたんに、がたりと、障子が開き、吉田が、飛び出してきた。

十津川に向かって、顔を突き出すようにして、

「どうして、知ってるんだ？」

「それは、いえません」

「どうせ、当てずっぽうだろうが、花器でないといったのは、あんたが初めてだ。上がれ」

吉田は、十津川を、部屋に上げてくれた。

古い火鉢をはさんで、向かい合って、腰を下ろす。

鉄瓶から、ゆっくりと、茶をいれて、すすめてくれた。

「あれと同じ物が、京都美術館にあるが、何に使うものかわからない」

と、吉田は、いった。

「しかし、中世に、名工が、作ったものでしょう？　それなのに、何をするものか、わからないんですか？」

「日本で作られたものではないからだよ」

「やはり、朝鮮ですか」

「朝鮮が、日本の植民地だった頃、多くの陶磁器が、無断で、日本に持ち込まれている。ソウルの美術館に、朝鮮の歴史的な宝物が、数多く納められていた。その中

に、あれと同じものが、二つ飾られていた。誰もが惹《ひ》きつけられる美しさを持っていたが、何に使うものかわからない。美術館の担当者もわからないという。わかるのは、中世の頃に作られたということだけだった。昭和十年のことだが、日本の軍人の一人が、日本で研究させるといって、強引に、日本に持ち帰った。当時、そんな横暴な軍人がいたんだ。もちろん、研究するというのは嘘で、京都で『これは、中世の頃、朝鮮王朝で作らせたもので、世界に、二個しかない花器である』と、でたらめをいって、京都の商人に、高く売りつけた。そのうちの片方は、現在、京都美術館に飾られ、もう一つを、京都の美術商が持っていた。朝鮮の優れた美術品だというのはわかるのだが、果たして、花器かどうかは、わからなかった。軍人が、でたらめをいったかもしれないからだ。そこで、当時の名工と呼ばれる人たちを集めて、同じ物を作らせることにした。名工八人が腕を競ったが、とうとう同じ物は作れなかった」

「先生も、参加されたんですか？」

「私じゃない。私の父が参加した」

「どうして、日本の名工たちが、同じ物を作れなかったんでしょうか？」

「それだけ、その物に込めた、朝鮮の技術が高かったんだろう」

「それで、どうなったんですか？」

「日本の名工たちが模造した物は、全て、廃棄された」

「軍人が持ってきた物は、どうなったんですか？　向こうに返したんですか？」

「いや。日本の軍人が盗んできたというのではまずいから、日本で中世に作られた花器『朝の菊』ということにしてしまった。だから、中世の名工が作った花器で、生け花の家元が欲しがり、宝といわれるようになり、老舗の旅館『藤』が所有することになった」

「それが、十六年前に紛失しました」

「知っている」

「今、先生の話を聞くと、もともとは朝鮮の物ですね」

「そうなるね」

「当然、返還を要求されるでしょう？」

「そうなるが、所有権については、簡単ではないんだ」

「どうしてですか？」

「何しろ、三十五年間にわたって、日本の植民地だったところだからね。強奪したのではなく、購入したのだといったり、支配者の日本人に向こうが贈呈したのだといったり。とにかく、当事者は両方とも亡くなっているからね」

「そういえば、最近、日本で発見された中世の仏像が、韓国から強奪されたものだからと、返却を要求されたことがありましたね。あれは、確か、朝鮮の寺院にあったものだとわかったが、日本側は、戦時中、日本人が高い金額で買い取ったものだから、現在の所有権は日本にあるということで、返却せず、宙に浮いていましたね」

「そうだよ。簡単だが、難しい問題なんだ」

「わかりました。参考になりました」

と、十津川が、腰を上げた。

今度は、吉田の方が、あわてて、

「まだ、話は、終わっておらんぞ。私の方も、警察にきいてもらいたいことがあったのだ」

「それは、事件が解決したあとで、いくらでもおききします」

と、十津川は笑顔になった。

十津川は、その足で、京都府警本部に行き、片桐警部に会った。

「謎が一つ解けましたよ。本件の夜、李韓国大使が、滝川武史を呼んだ理由がです」

　十津川が、いうと、片桐は、目を大きくして、

「本当に、わかったんですか?」

「片桐さんが紹介してくれた吉田さんに会って、教えてもらいました。『朝の菊』という名の花器ですが、もともと、中世の朝鮮で作られたもので、花器かどうかわからないそうです。昭和十年頃、日本の軍人が、植民地だった朝鮮の美術館から持ち出して、京都で高値で売り飛ばしたものだと教わりました。その後、盗んだというのではまずいからといって、日本で中世に作られたものだといつわったために、花器の名品ということになり、二つのうち、一つは、京都美術館所有になり、一つは、旅館『藤』の所有になったということです」

「では、問題のある品物じゃありませんか。昭和十年頃、軍人が持ち出して、売り飛ばしたとすれば、朝鮮に返却すべきでしょう」

「それが、簡単ではないそうです。日本によって、奪われたことの証明が難しいからです」

「それで?」

「十六年前の夜、旅館『藤』の離れに泊まった大使は、そこに飾られている『朝の

菊』を見て、昭和十年頃、ソウルの美術館から奪われた物だと、すぐ気がついたのだと思います。大使の気持ちとしては、そのまま韓国に持ち帰りたいが、そんなことをすれば日本との政治問題になってしまう。といって、正式に返還要求しても、簡単に返ってはこない。そこで、滝川武史に相談してみようと、ひそかに呼んだのではないかと、考えたのです」

十津川が、自分の考えをいう。

片桐警部の顔が紅潮して、

「そのために、李大使が殺されたのかもしれませんね」

「その可能性は、あります」

「名器『朝の菊』を盗んだ人間が、大使を殺した犯人かもしれませんね」

「その可能性もあります」

「すぐ、捜査会議を開きますか？　十津川さんも出席してください」

2

十津川は、自分が考えたことを、片桐警部をはじめとする京都府警の刑事たちに話し続けた。

「事件は、離れに泊まった李大使が、部屋に問題の名器が飾ってあるのを見つけた時に始まったと考えられます。二つあったこの名器は、ソウルの美術館から消えていますが、その一つは、現在京都の美術館にあります。こちらの名器について、確認したところ、朝鮮王朝の王から日本に贈られたことがわかりました。朝鮮側も二つあるからと考えて、一つを贈ったものと思われ、こちらについては、問題はありません。問題は、もう一つの名器のほうです。韓国では、昭和十年頃、日本の軍人が持ち去ったという話が有力ですが、証拠はありません。ただ、こうした噂があった時に、李大使は、泊まった旅館『藤』で、その名器を見つけたわけです。しかし、どうすべきか迷ったと思います。さっきも、話があったように、似たようなことがあり、韓国政府は、返還を求めたが、日本にやってきた事情が、はっきりしない。軍人が強奪したという話もあれば、韓国人が、金欲しさに、日本人に売りつけたという話まで、さまざまありますからね。そこで、李大使は、夜ひそかに滝川武史を呼んだんだと思うのです。滝川は、生け花の家元で、力を持っているし、先祖が曹氏ですからね。その上、問題の名器は、日本では花器だと思われているからです。どんな話があったのか、李大使は、殺されてしまっているし、滝川武史も、何も喋りませんから、わかりません」

「李大使が、滝川に、盗ませたんじゃありませんか？」

　京都府警の刑事の一人がいった。

「その可能性もありますが、証拠はありません」

「当日の夜、離れに盗みに入った堀友一郎が一番、怪しいんじゃありませんか？」

　といったのは、片桐警部だった。

「もちろん、その可能性もありますが、網走刑務所で亡くなっているし、問題の名器も、持っていませんでした」

　と、十津川は答えた。

「しかし、堀友一郎が、逮捕されたのは一年後でしょう。その間に誰かに売り飛ばしてしまったことは、十分、考えられるんじゃありませんか？」

　この片桐の指摘に対して、十津川は、否定せず、

「現在、問題の名器の持ち主として、一人の人間を考えています」

　と、いった。片桐は、びっくりした顔で、

「そんな人間が、いるんですか？」

「小林雄作という男です。四十歳。独身と自称しています」

「どんな男ですか？」

「秘境駅探索クラブ会員の名刺を貰ったことがあります。旅行好きであることは、間違いありません」

「その小林雄作と、堀友一郎との関係は、何ですか？」

「堀友一郎も、旅行好きだったことはわかっています。堀が、山中愛《めぐみ》を知ったのも、旅行中でしたから。小林雄作は、その山中愛と後に、出会います。私がこの小林雄作に注目するのは、何故かわかりませんが、彼が、今回の事件の関係者の写真をやたらに撮っているからです。山中愛の写真も、撮っていますし、滝川武史の写真も、何枚も、撮っているのです」

「何故、そんなことをしているのか、興味がありますね」

「現在、小林雄作は、何者かに襲われて、東京の病院に緊急入院しています。電話してみたところ、依然として意識は戻らず、回復の見込みは五十パーセントといわれました。東京では、刑事たちが、現在、小林雄作について、経歴などを調べています」

と、十津川は、いった。

刑事たちが懸命に聞き込みを続けているうちに、小林雄作の経歴が、少しずつ、明らかになってくる。

京都に近い滋賀県の生まれだが、何故か、自己紹介の時、東北の生まれだということがある。その理由は、はっきりしない。

はっきりしているのは、東京の国立大学の文学部に入ったが、三年の時、中退していることである。子供の時から旅行が好きで、大学に入るとすぐ、旅行クラブを作り、自ら旅行プランを立て、仲間と一緒に旅行し、また、ひとりでも、旅行を楽しんでいたという。

大学を中退したあとは、定職には就かず、アルバイトをしながら、旅行記を雑誌に投稿していたが、二十八歳あたりから、旅行雑誌などに、紀行文や写真を提供して、何とか、暮らせるようになった。単行本や、鉄道写真集を出している。

旅行先としては、国内が殆どだったが、ある時期、一年間、韓国に何度も出かけていた。

外国旅行といえば、この韓国旅行が主なもので、『韓国が好きなわけ』といった本も出している。その本を読むと、彼が、韓国の何に興味を感じて、一年間も、韓国に拘ったかが、推測できた。

朝鮮半島の歴史と、日本の歴史の関連である。

十津川も、そのことに、興味を持った。今回の事件と、関係があるのではないかと、思ったからだった。

韓国旅行の時、小林はしばしばソウルの美術館を訪れている。その点について、小林は、本の中で、次のように書いていた。

「私は、何回も、ソウルの美術館を訪れた。興味があったのは、日本の美術との関連だった。多くの日本の美術が、朝鮮半島の影響を受けていることが、よくわかる。また、多くの美術品が、日本に流出していることも知った。その中で問題なのは、正常な手続きによる譲渡ではなく、戦争中、或《ある》いは終戦のどさくさの中で、軍人などが無断で、日本に持ち去った美術品のことである。このことは、今後の日韓関係に問題を残すことにもなるので、早晩真相を明らかにすべきだろう」

つまり、この文を読めば、今回の「朝の菊」事件にも、関心を持っていたことが、推測できるのである。

韓国旅行では、一年間、ずっと韓国にいたのではなく、両国の間を、行ったり来たりしていたのだが、韓国では、親日家の自宅にお世話になったと本に書いていた。ただ、その家の名前など、詳しいことは、書かれていなかった。

十津川が推測したのは、その家族が、ソウルの美術館の関係者ではないのかということだった。

更に、十津川は、推理を進めた。

ソウルの美術館の説明によれば、問題の「朝の菊」は、二つあったので、その一つが、日本に贈られた。が、もう一つが、日本の軍人によって、他の美術品と一緒に、強奪されたと主張しているのである。

その「朝の菊」が、朝鮮では、宮廷で使われていた酒器らしいことも、今回の捜査でわかってきた。それも、貴賓を迎えた時だけに使われる酒器だったという。日本との関係を考えると、日本の中世期に、朝鮮の宮廷で使われていたものだろうという。王朝は、滅亡してしまったから、猶更《なおさら》、貴重なものだともいわれた。

そのため、小林雄作は、日本に帰ったら、この貴重な酒器を、探してほしいと頼まれたのではないだろうか？

そうだとすれば、見つけた時の報酬も約束された筈である。

小林は、その後、旅行作家として日本中を旅しながら、この酒器を探していたとすれば、肯けることが多い。

まず、同じ秘境駅探索仲間となった山中愛から堀友一郎のことをきいたとも考えられる。堀が、山中愛にあの夜の事件について、喋ったのではないか。もちろん自分が日本旅館「藤」に忍び込んだことまでは話さず、他人《ひと》から聞いた話として、彼女に喋ったのだろう。

彼女の話をきいた小林は、頼まれた酒器が、日本で花器の「朝の菊」と呼ばれていること、韓国大使殺害事件の時、何者かに盗まれたことを知ったのではないか。

そこで、小林雄作は、関係者を探し、調べ、写真に撮った。

そう考えれば、小林雄作が、何故、京都で、滝川武史を写真に撮っていたのかも納得できるのだ。

その小林雄作が、何者かに襲われて意識が戻っていない。旅行作家が、襲われて重傷で意識不明などということは、あまり聞いたことがなかった。それだけ平穏な職業ということである。

と、すれば、旅行作家としての小林雄作が狙われたとは思えない。十六年前の韓国大使殺しと、関係があったのだろうと、考えざるを得なかった。

大学を中退し、旅行作家になってから、何らかの形で関係ができたのだろう。従って、韓国旅行の時に、何かあったとしか考えようがない。

京都府警の捜査会議で、十津川は、こうした自分の考えを、説明した。

「結論として、こう考えました。小林雄作は、問題の『朝の菊』を、見つけたのだ。或いは、現在の持ち主がわかったのだということです」

「しかし、それなら、金を出して買い取って、ソウルの美術館に渡せばいいわけで、何故、殺されかけたのか、わかりませんが」

と、片桐警部が、疑問をぶつけてきた。

「それについては、こう考えました。今の所有者は、当然、高く売ろうとする。しかし、ソウルの美術館のほうは、日本の軍人が、強奪していったんだから、タダで返せという。いわゆる歴史認識の差というやつではないか。そんなことで、もめているうちに、関係者の一人が、かっとして、小林雄作を襲ったのではないでしょうか」

「しかし、証拠はありませんね？」

「その通り、証拠はありません。全て、推測でしかありません」

と、十津川は、正直に認めた。

そこで、京都府警は、ソウルの美術館に電話してみることにした。

確認したいことは、いくつかあった。

第一　問題の酒器を探してくれと、小林雄作に頼んだことがあるか？

第二　最近、酒器が見つかったと小林雄作が連絡してきたか？
第三　連絡があったとして、手に入れるための金額を、いっていたか？
第四　その金額でもめたか？　もめた時に歴史認識の差を感じたか？
この四つである。
第一の質問に対して、ソウルの美術館の広報部長は、確かに、小林雄作に、日本で見つけたら教えてくれと頼んだことがあると答えた。なお小林は、韓国に来ている時、美術館の学芸員の家に泊まっていた。その学芸員は、日本に留学した経験があるという。その後、小林雄作から連絡がないので、諦めていたところ、一週間前に、突然、日本で見つかったという連絡があった。
しかし、現在の持ち主は、韓国の通貨で約六百億ウォン（六十億円）出すのなら、売ってもいいというので、困ってしまった。ソウルの美術館の館長の意見としては、もともと、日本の軍人が強奪したものであるから、すみやかに、何の条件もつけずに、返還されるべきものである。韓国政府も同意見だから、政府が、購入資金を出す筈もない。これを歴史的に見れば、日本が、植民地の朝鮮から、強奪したものだから、日本政府が買い取り、謝罪と共に、韓国政府に返還すべきものだと、小林雄作に話したところ、難しい問題だが、何とか話をつけてみるという返事があった。

しかし、その後、何の連絡もないというのが、広報部長の答えだった。

3

まず、小林雄作の件、ソウルの美術館の話が本当かどうかを、確認する必要があった。

しかし、小林は、依然として意識不明のままで、助かったとしても、植物状態になるおそれがあると、病院側は、十津川に、伝えてきた。

京都府警では、もう一度、捜査会議が開かれ、もちろん、十津川も参加した。

そこで、府警本部長が、小林が、何か日本政府に働きかけたかどうか、確認することになった。

美術品のことだから、文部科学省の所管だろうということで、同省の広報課に電話を掛けたのだが、大臣秘書室に回され、そこの佐貫《さぬき》秘書官が答えてくれた。

「確かに、小林雄作さんという人から、電話が入りました。韓国の美術館に頼まれて、植民地時代に、日本の軍人に強奪された、中世の宮廷で使われていた酒器を探してくれと頼まれていた。それが見つかったのだが、現在の持ち主が大金を払って買ったのだから、六十億円出してくれなければ、手放さないという。しかし、美術館のほうは、日本の軍人が強奪したのだから、韓国側が買い取らなければならない理由はないと主張して、困っているといわれるのです。ああ、これは、例の〝歴史認識の問題〟だと思いました」

と、佐貫秘書官はいうのだ。

「どんな風に、歴史認識の問題だと思われるんですか？」

と、本部長が、きいた。

「日本には、多くの朝鮮の美術品が存在します。韓国政府や、韓国人から見れば、日本が力ずくで、奪い取ったものに違いない。それが、向こうの歴史認識です。しかし、日本側から見れば、中世、渡来人が持ってきた物もあるだろうし、正規に日本人が買い取った物もあるわけです。まず、それを、はっきりさせる必要があります」

「しかし、今回の酒器については、ソウルの美術館側は、植民地時代に、日本の軍人が強奪したといっているのですが」

と、本部長がいうと、佐貫秘書官は、

「実は、そういう話が多いのですよ。もちろん事実なら、日本政府が買い取って、無条件に返還すべきだと思いますが、〝話の多くは、嘘であることが多い〟。これが、日本側の歴史認識です。中には同じ韓国人が、泥棒に入って、美術品を盗み出したものまで、日本の軍人が強奪したと発表した例がありますからね。悪事は全て日本人という歴史認識は、日本側にはないということです」

と、佐貫秘書官が、いった。

「今と同じ返事を、小林雄作さんに、されたわけですね？」

「そうです」

「それで、小林さんは、納得しましたか？」

「わかりませんね。ただ、小林さんは、何とか考えるといって、電話を切りました。そのあと小林さんから電話は、掛かってきていません」

と、秘書官は、いった。

「小林さんは、問題の酒器を、現在日本の誰が持っているか、その名前をいいましたか？」

最後に、本部長が、きいた。

「有名な大会社の社長だといっていましたが、名前は、いいませんでした。会社の名前もです」

と、佐貫秘書官が、答えた。

4

有名会社の社長探しが、開始された。

十津川は、直《ただ》ちに、東京に戻り、東日本を捜索し、京都府警は、西日本を受け持つことが決まったのだ。

東京の捜査本部では、刑事全員に、『会社四季報』を持たせ、東日本にある会社に、片っ端から、電話を掛けさせた。その会社の社長が、生け花の有名花器「朝の菊」を知っているか、朝鮮宮廷で使われていた酒器を持っているかをきくのである。

担当する刑事は二十名。

同じように、京都府警も、二十名の刑事に、『会社四季報』を持たせ、西日本の会社を、調べていった。

二日目の午前中に、イエスの答えが、見つかった。

銀座に本社のある、主として東日本に百五十の店舗を展開する、フードサービスの「合田《ごうだ》ファースト」だった。

銀座四丁目の本社に電話すると、社長室長が答えてくれた。

「うちの社長ではなく、一年前に引退して会長職に就いた合田恵太郎《けいたろう》のことだと思います。以前から、中国、朝鮮の美術品を集めていましたが、その中に、お問い合わせのあった、中世の朝鮮の宮廷で使われていた器があり、そのことだと思います。誰かと、その器について話したと、いっていましたから」

と、いうのである。

「合田会長に会いたいのですが、どこへ行けば会えますか？」

十津川がきくと、

「現在、会長は、旧軽井沢の別荘に行っています。社長を退いてからは、別荘で過ごすことが、多くなっているようです」

という答えが、返ってきた。

「失礼ですが、会長は、おいくつですか？」

「八十二歳です」

「いつなら、会っていただけますか？」

と、十津川がきいてもらうと、一時間ほど経って、

「二日後の午後でしたら、お会いするそうです」

という室長の返事があった。

十津川は、亀井と二人、旧軽井沢の合田会長の別荘を訪ねていった。

北陸新幹線の軽井沢駅で降り、そこから、タクシーに乗った。

シラカバ林の中に建つ二階建ての別荘だったが、十津川の目に、いきなり飛び込んできたのは、二台のパトカーと、鑑識の車だった。

一瞬、十津川の顔が、青ざめた。

タクシーを降りると、亀井と、別荘の入り口に向かって、走った。

たちまち、長野県警の刑事に止められた。

その刑事に向かって、十津川は、警察手帳を示し、

「何があったんですか?」

と、きいた。声が、震えた。

建物の中から出てきた県警捜査一課の太刀川《たちかわ》という警部が、説明してくれた。

「この別荘の運転手から、一一〇番がありました。街に用事があって、帰ってきたら、二階で、合田会長が殺されていたというので、駆けつけました。そこで、検視官が、調べているところです」

「会長の死体を、私にも見せていただけませんか。十六年前の殺人事件に関わるこ

とで、話をしていただくことになっていたのです」

と、十津川はいい、太刀川警部が、別荘の二階に案内してくれた。

二階には、三つの部屋があり、案内されたのは一番奥の書斎だった。

十八畳の洋室である。

壁には、高そうな絵が、並んで掛けられ、棚には、東洋の古美術品が並んでいた。

合田恵太郎の死体は大きな机に、かぶさるような形になっていた。

ワイシャツ姿である。真っ白なワイシャツの背中が、真っ赤に染まっていた。

机の上にあるこれが、あの「朝の菊」かと近付いてよく見ると、なんとそれは、精巧にできたレプリカだった。

ならば、本物はどこに消えたのだ。

五十代の運転手と、三十代の家政婦がいて、運転手が説明してくれた。

「今日の午前十時頃に、合田会長が、『今日の午後、大事なお客があるので、街へ行って、花と酒を買ってきてくれ。酒は、日本酒と、ウィスキーだ』といわれたので家政婦の島本《しまもと》さんと一緒に、車で街へ行き、いわれた物を買って戻ってきたら、合田会長が、死んでいたんです。殺されたと思われたので、すぐ、一一〇番しました。十二時五、六分前です」

と、いった。

家政婦も、同じ証言だった。

その証言を、太刀川警部と検視官が、裏付けた。

「死亡推定時刻は、午前十時から、十二時の間ですね。犯人は、背後から、鋭利な刃物で、三回刺しています。その中の二つの傷口は、心臓まで達していると思います」

と、検視官はいい、太刀川警部は、

「凶器は、大型のナイフと思われますが、見つかりませんから、犯人が持ち去ったと考えられます。背後から刺されていますが、二階の書斎が現場ですから、犯人は、被害者合田会長の顔見知りと思われます」

と、いった。

鑑識が、指紋の採取を続けている間、十津川は、じっと、机の上の酒器のレプリカを見つめていた。

この別荘の主人《あるじ》は、資産家である。本物の酒器も買おうと思えば買えるのだから、レプリカは、必要ないだろう。

壁に掛かっている八枚の名画に、複製画は見つからないし、棚に並ぶ古美術品もレプリカではない。

それなのに、何故、問題の酒器だけ、レプリカなのか？

合田恵太郎が作らせたのか？　それとも、どこかで、レプリカを手に入れたのか？

ふと、「歴史認識の差」という言葉が、十津川の脳裏を過《よぎ》った。

第七章

終わりの始まり

1

十津川は考え続けた。

合田ファーストの会長、合田恵太郎が殺されたことに、十津川はショックを受けていた。問題の銘品「朝の菊」を合田会長が所蔵していると知った時、その酒器をどうするかについては論議があったのではないか。日韓親善の為に、無償で合田会長が韓国に渡すのか、相当な値段をつけて売却するのか。あるいは、苦心して手に入れた物だからといって、渡すことを拒むのか。色々な考えはあるが、だからといって合田恵太郎が殺されるとは、十津川は全く考えていなかった。それだけに、ショックであった。

大袈裟にいえば、十津川の推理が崩れてしまったのである。

十津川は、十六年前の事件を彼なりに推理し、そして事件の底には日本と韓国、あるいは日本人と韓国人との歴史認識の差があると考えた。十六年前の事件の時、李大使は、探していた酒器「朝の菊」が自分の泊まっていた旅館「藤」にあるのを発見して、どうしたらいいか考えるために、密かに渡来人の先祖を持つ生け花の家元の滝川武史を、自分の部屋に呼んで相談した。その時たまたま物盗りに忍び込んでいた堀友一郎がいたと十津川は考える。

十六年前に比べて、現代のほうが、日韓関係は、より悪化していることは、わかっている。

しかし、「朝の菊」がいかに名器だとはいえ、領土問題のような紛争に発展することはない筈である。

それなのに、合田恵太郎は、殺されてしまった。

理由がわからず、十津川は、個人的な理由ではないかと考えた。そこで、合田会長について、調べてみた。全国フードチェーン、合田ファーストの創業者である。こうした成功者には、アクの強い、常識はずれの者が多いのだが、合田には、それがなかった。多分、彼の父親が、小規模だが、すでに、料亭の事業で成功していたからだろう。

家庭的な問題もなかった。妻は五年前に病死していたが、長男は、立派に合田の後を継いで、社長になり、可愛い孫もいる。

とすると合田が殺された理由は、名器「朝の菊」になるのか？

十津川は、十六年前の事件を、もう一度、考え直すことにした。

十月二十三日、時代祭翌日の夜に起きた事件である。

韓国の李《イ》大使は、妻を薪能に行かせ、自分は、旅館「藤」に残っていた。その時、部屋の床の間に、探していた「朝の菊」を見つけたに違いない。

ただ、今ほど、日韓関係が、険悪になってはいなかったので、いきなり韓国に返せということはせず、密かに、相談相手として、生け花の家元、滝川武史を呼んだ。滝川の先祖は、朝鮮半島からの渡来人だから、彼の意見も聞きたかったに違いない。

その夜、盗みに忍び込んでいた堀友一郎は、二人が会っているのを目撃していたから、殺人の現場を見たわけでもないのに、李大使を殺した犯人は「T・T」（滝川武史）と、山中愛《めぐみ》に書き残した。山中愛は堀の伝言を信じ、伯父を殺した憎い滝川武史を告発するために、十津川に招待状まで出してT・Tは滝川武史と教えたのではないだろうか。

しかし、李大使を殺した犯人は、今も、特定されていない。

客室の床の間に飾られていた「朝の菊」は偽物にすりかえられていた。

京都府警の片桐警部は、盗んだのは堀友一郎で、騒がれたので、李大使を殺したのではないかと推理しているのだが、証拠はない。

また、「朝の菊」は、その後、堀友一郎が何者かに売りつけたのだろうと考えられるのだが、これも解明はできていない。

そして、十六年後の今回の事件である。

「朝の菊」の新しい所有主として、合田ファーストの合田会長の名前が明らかになった。誰から手に入れたのか、肝心の合田本人が殺されてしまったのでわからないが、片桐警部にいわせれば、堀友一郎が逮捕される前に売りつけたのだろうということになってくる。

その間には、小林雄作もからんでいたことも考えられる。そのために彼は襲われたのだろうという刑事もいた。

十津川は、この殺人、盗難事件に関係した人物の名前を、書き並べてみた。

李韓国大使
滝川武史
堀友一郎
小林雄作

この四人について考えているうちに、十津川は、重大なミスに気がついた。

正確にいえば、一つのミスと、一つの思い込みである。

ミスとは、四人の人物の他に、もう一人、大事な人間を忘れていたことだった。

それは、問題の名器「朝の菊」の当時の持ち主だ。事件当時、「朝の菊」は、客室の床の間に飾られていた。従って、所有者は旅館「藤」の当主の筈である。何故か、その人物を忘れて、十六年前の殺人事件を、考えていたのである。

もう一つの思い込みとは、事件が起きた時の政治情勢だった。

十六年前、李大使が殺されたが、「朝の菊」が動機だとは、誰も考えていなかった。十津川もそうである。

李大使は、たまたま宿泊した旅館「藤」の客室で、探していた「朝の菊」を発見した。これは、まず、間違いない。だが、どんな方法で韓国に取り戻すか、迷ったに違いない。日本が強奪したものだから、直ちに返還せよと、申し入れるべきか、日本が手に入れた事情を調べて、穏やかに買い取るべきか、それを相談するために滝川武史を、密かに旅館に呼んで相談したのだろう。

そのあと、滝川武史が帰ってから、李大使が殺されたとすると、その理由は、「朝の菊」のせいではなく、堀友一郎が、たまたま盗みに入って、李大使に見とがめられたためと、考える刑事が多かったのである。

しかし、今、二つの謎に、十津川はぶつかった。

第一のミス。肝心の人物、旅館「藤」の当主を忘れていたのは、十津川のミスだが、弁明すれば、十六年前の事件の捜査に、彼は参加していないので、もっぱら、京都府警の捜査日誌を参考にしたためもあった。その日誌に、なぜか、「朝の菊」の所有者の筈の旅館「藤」の当主の名前が出てこないのである。

そこで、十津川は片桐警部に、その理由を聞いてみた。

片桐警部の答えは、簡単だった。

「府警としては『朝の菊』は、もちろん旅館『藤』の当主である藤安幸平《ふじやすこうへい》が所有主と思っていたのですが、実は、ある政治家の所有物だと、藤安が打ち明けたのです。その政治家は、日本と韓国の友好協会理事なので、その人間が、韓国の国宝級の『朝の菊』を持っていては、何かと問題になるので、あなたが持っていることにしてほしいと、頼まれたというのです。藤安幸平は、そんな名器を、客室に飾ってみたいと、単純に考えて、引き受けたといっています」

「しかし、それが、どうして、十六年前に問題にならなかったんですか？　殺された李大使は、日頃から、失われた『朝の菊』を探していたといわれますから、当然、この名器にからんで、本当の所有者のことも、問題になったんじゃありませんか？」

と、十津川はきいた。

「確かにその通りですが、その政治家は、李大使事件の二日後に急死してしまい、遺族は、死んだ父親から、『朝の菊』のことは、全く聞いていなかったというのです。その上、本物の『朝の菊』自体があの時、現場から消えてしまいましたので、自然に政治家のことも、藤安幸平のことも、捜査から除外されてしまったのです」

と、片桐警部は、小さく肩をすくめて見せた。

しかし、今回、現在の「朝の菊」の所有主、合田恵太郎は、殺されてしまった。この名器には、それだけの力があるということだし、今の険悪な日韓関係も無視できない。となれば、十津川としては、病死した政治家のことも、「朝の菊」を預っていた「藤」の当主、藤安幸平についても、捜査する必要はあると考えざるを得ないのだ。

十津川は、まず、事実関係を調べることにした。確かに、友好協会は実在していたが、今は活動休止状態だった。

その理事の中に、片桐警部のいう政治家、「榊原友治《さかきばらともはる》」という名前があった。

この榊原友治は、間違いなく、十六年前の事件の直後に、六十二歳で病死していた。病名は脳梗塞《のうこうそく》だった。

榊原友治の長男、榊原友彌《ともや》が、現在、若手の政治家として、父の後を継いで、友好協会の理事となっていた。その友彌に十津川は会いに行った。

十津川は、榊原友彌代議士に会うなり、十六年前の事件と名器「朝の菊」についてきいてみた。

すると、榊原友彌代議士は笑って、

「その話は、実は十六年前に亡くなった父の話ではなくて祖父の話なんですよ」

といった。祖父の名は榊原友太郎《ともたろう》。戦争中に、同じように日朝友好協会の理事をやっていたという。

「その頃、祖父の友人の方が名器『朝の菊』を手に入れられましてね。戦後になってその所有が問題になった時のことです。持ち主は私の祖父の榊原友太郎だということにすれば、日韓の間で問題は起きない。そう頼まれて預かったらしいんです。そのため父も、祖父から引き継いで『朝の菊』は戦争中、朝鮮の名家から贈られた物で自分が所有している。時機を見て、韓国の本当の持ち主に返そうと思っている。そういう談話を発表しているんです。その父も亡くなり、名器もなくなってしまいましたので、証人がいなくなってしまいましてね。それで今も持ち主は私の父の榊原友治で、京都の旅館『藤』にお貸ししていた、そういうことになっているんですが、今もいったように、祖父が、本当の持ち主から頼まれて、榊原家が戦争中に預かったということなんです」

榊原友彌は、笑顔で話してくれた。

「その辺の事情は、十六年前に京都府警に話されましたか？」

十津川がきいた。

「いや、父は十六年前のあの事件の直後に亡くなってしまっていますし、私も祖父の話は父からの又聞きですから。証拠のないことなので京都府警には、私はわからないとだけ話しておきました。それが何か問題なんですか？」

と、榊原友彌は逆にきいた。

「いや、今のところ問題にはなっておりません」

とだけ、十津川は答えた。十津川もその辺のことがわからずに、勝手な推理を進めてしまったのだ。

十津川は、その話を持って東京から京都へ戻ると片桐警部と二人で旅館「藤」へ行き、当主の藤安幸平に会って話をきくことにした。

藤安幸平は八十歳を超えたはずだが、かくしゃくとして元気だった。

十六年後の現在、合田ファーストの会長、合田恵太郎が持っていた「朝の菊」に

ついてきくと、

「実は私自身も、本当は、よく知らないんですよ」

という。

「しかし、十六年前の事件の時にあなたは、本当の持ち主は政治家の榊原友治さんだとわれわれにいったはずですよ」

片桐警部がいうと、

「そうなんですが、あの話は私の父親から聞いた話です」

と言う。

「そのお父さんはすでに亡くなっていますよね」

「ええ、八十五歳まで生きました」

「お父さんは榊原友治さんからどんな風にきいていたんでしょうか?」

と、片桐警部がきいた。

「父の幸太郎は戦争中、当時の満州の新京と朝鮮のソウルに新しく料亭旅館を開業しましてね。アジアへの進出だと自慢していたんです。その父が、日本が戦争に負けて朝鮮の料亭旅館『藤』の支店を畳んで日本に帰ってきたのですが、その時に榊原友治さんの父親で同じく政治家だった榊原友太郎さんに頼まれたらしい。榊原先生は戦争中、朝鮮との友好に尽力したので、朝鮮の名家からそのお礼として『朝の菊』を贈られた。ただ、戦争が終わって朝鮮が独立し、自分がそうした国宝級の名器を持っていると、何かと問題になってしまう。だから、あなたの物として日本に帰ってほしいと頼まれたらしいんです。それで私の父は日本に『朝の菊』を持ち帰って、京都の旅館『藤』の床の間に飾っておいた。そういっておりました。それをそのまま私も信じて、皆さんにそうお伝えした訳ですが」

と、藤安幸平は、いう。

「そうした話を榊原友治さんの息子の榊原友彌さんにも話しましたか?」

十津川がきいた。

「一度、榊原友彌さんがうちに泊まりに来られたことがあり、その時にお話ししたんですが、友彌さんも『朝の菊』の所有については、祖父から聞いた話で自分も又聞きだから、証拠は何も持っていないと仰《おつしや》いました。それに、十六年前の事件の時に失ってしまいました。その後『朝の菊』について誰が本当の持ち主だったのか、という話は榊原友彌先生とも話をしておりません」

と、藤安幸平がいった。

2

十津川は、その話に、納得できなかった。何しろ、十六年後のここにきて「朝の菊」の現在の持ち主がわかったと思った途端に、その持ち主の合田会長が軽井沢で殺され、また事件に関係していると思われる小林雄作が何者かに襲われて、瀕死《ひんし》の重傷を負ったのだ。問題の名器「朝の菊」の所有があいまいなのは、何としても十津川には納得ができなかった。

そこで旅館「藤」の当主、藤安幸平の父親の、幸太郎について調べてみることにした。

十津川は戦後生まれである。だから戦前、戦中の日本と朝鮮との関係、日韓関係についてはほとんど知識がない。そこで、それに詳しい人間に話を聞くことにした。

十津川が話を聞いたのは、山本《やまもと》という大学の教授である。東洋史の専門家でもあり、また同時に経済学の教授でもあった。山本教授は十津川の質問に答えて、簡単明瞭にこういった。

「戦前から戦中にかけて、日本は不景気のどん底に落ちていました。昭和四、五年には世界恐慌に襲われて、不景気がひどくなり、『大学は出たけれど』という映画が作られましてね。大学を出ても働く所がないというような問題がありました。その時に、満州と朝鮮に利権が生まれました。いや、強引に作ったんです。例えば朝鮮についていうと、朝鮮の有力者を追い出して、その地位を日本人が狙う。また満州についても、中国人から土地を取り上げて、日本人がその土地を手にする。そういうことがあって、日本人の多くの野心家が、どっと満州や朝鮮に出ていったんです」

「その中に京都の老舗旅館『藤』の当時の当主、藤安幸太郎もいたと聞いたんですが、それは本当でしょうか？」

十津川がきくと、山本教授はうなずいて、

「藤安幸太郎は、その典型的な人間ですよ」

と、いうのだ。

「旅館『藤』の先代の藤安幸太郎は、満州の新京と朝鮮のソウルに料亭旅館を成功させたと聞いたんですが、そんなに満州と朝鮮で作った日本の利権というのは、簡単に手に入るものだったんですか？」

重ねて十津川がきいた。

「いや、藤安幸太郎の件は例外です」

と、山本は、いう。

「藤安幸太郎の成功は稀《まれ》な例ですよ」

「しかし、満州や朝鮮には利権がごろごろ転がっていたんじゃありませんか？」

「利権といっても、実は軍隊、特に陸軍の利権ですからね。民間人が勝手に満州や朝鮮に行ったからといって、利権にありつけるものじゃありません」

「そうすると、藤安幸太郎が成功したのは陸軍と繋がっていたからですか？」

「まあ、そんなところですね。私が調べた範囲でも、藤安幸太郎は陸軍とつるんでいます。もっとはっきりいえば陸軍の汚い部分を引き受けて動き回っています。それで満州と朝鮮の両方で料亭旅館を成功させたんだと考えられますね」

「陸軍の汚い部分を、引き受けたというのは、どういうことですか？」

「例えば、阿片《アヘン》の問題がありますね。元々満州を始めとする中国に進出した陸軍は、軍資金稼ぎに阿片の商売を始めたものですが、軍人が阿片を扱ってはまずいというので、民間人に会社を作らせその会社が始めたと言われています。似たような軍隊の汚い部分を藤安幸太郎が引き受けていたといわれています」

「今、問題になっている韓国の美術品、『朝の菊』についても十六年前に旅館『藤』

が持っていて盗まれたといわれていますが、この件についても藤安幸太郎が戦争中に利権がらみで手に入れたんでしょうか？」

「敗戦のどさくさに、いろいろあったということは聞いています」

山本教授は、当時の朝鮮がどんな様子だったかを説明してくれた。

昭和二十年に入り、六月に沖縄を失うと、いよいよ、本土決戦が間近に考えられるようになった。

日本陸軍は、この頃、朝鮮半島を、二つに分けて、防衛することに決めていた。北緯三十八度線で、北と南に分け、北の防衛は、満州にいる関東軍が、受け持ち、南は、新設の第十七方面軍が、受け持つのである。

朝鮮を南北に分断した責任は、日本にあるといわれるが、この分断計画を見ると、あながち嘘とも、いえないのである。

この分断防衛計画を立てたのは、昭和二十年五月三十日である。沖縄戦が、まだ続いていたが、日本の敗北は、決定的になっていた。

「この頃、藤安幸太郎は、敗戦を見越して、満州新京の料亭旅館はたたんで、朝鮮のソウルに、全員が戻っています」

と、山本は、いう。

「日本が、負けることは、わかっていたわけですか？」

「そうした情報を集めるのは、得意だったようです」

「陸軍の上層部と、繋がっていたからですか？」

「藤安幸太郎が、新京とソウルに作った料亭旅館の料亭の方は、実際には高級将校のクラブを兼ねていたし、旅館は、高級将校や、政治家専門だったといいますから、軍や日本政府の情報も、筒抜けだったと思われます」

「藤安幸太郎は、それを利用して、敗戦の時も利益をあげたわけですか？」

と、十津川は、きいた。

山本教授は、つづける。

「戦争に負けると、国民全部が損をするといいますが、トクをする人間もいるのです。敗戦間際だって、土地家屋の売買は行われていたし、株の売買もあって、戦争が終わりそうだと、平和株を買う人間もいたわけです。藤安幸太郎も、そんな一人だった筈です」

「藤安が、敗戦間際に、土地を買ったり、株を買ったりしていたわけですか？」

「いや、藤安幸太郎が、手に入れたものは、もっと直接的な、美術品や資源といったものです」

「美術品はわかりますが、資源というのは、具体的にどんなものですか？」

「本土決戦に備えて、日本本土や朝鮮に、陸海軍は、戦うための食糧や、石油や、武器を貯《たくわ》えていたわけです。その多くは、半地下の倉庫に貯えていたといわれていました。ところが、本土決戦まで行かずに、敗戦を迎えてしまったので、そうした資源が、宙に浮いてしまったんです。本来なら、国民のものなのですが、実際には、軍の上層部が勝手に自分たちで、ふところに入れてしまったのです。再起を期すためにに必要と称してです」

「そういう話は、聞いたことがあります。敗戦が決まった時期、基地や部隊が貯えていた食糧や衣料や、石油などを、上層部の軍人が、トラックに積んで、何処《どこ》かへ運び去ったという話です。日本再起のためと称していたが、自分たちが戦後、それを使って儲《もう》けるためだったということだと」

「その通りです。そこで、ソウルで料亭旅館をやっていた藤安幸太郎ですが、五月三十日に、南朝鮮の防衛を担当することになった、第十七方面軍は、新設で、もともと本土防衛が任務ですから、北朝鮮の関東軍ほどの強さも、使命感もなかった。昭和二十年七月二十六日に、アメリカ、イギリス、中国が、共同でポツダム宣言を発表します。日本に対する降伏命令です」

「ポツダム宣言なら知っています。この時、日本が、ポツダム宣言を受諾していれば、八月の広島、長崎の原爆投下もなかったし、ソビエトの参戦もなくて、多くの国民が死なずにすんだと、よくいわれてますね」

「しかし、このポツダム宣言で、いよいよ日本の降伏も近いと考えた軍人も多いんです。南朝鮮にいた第十七方面軍の上層部は、自分たちの置かれた立場などから、戦いは、間もなく終わるだろうと考え、その先、どうなるか、どうするかを考えていたと思うのです。本土決戦に備えて、兵士を二百万まで増やしていますが、当時の本土防衛の司令官などは、戦後、本土防衛には、全く自信がなかったと告白しています。特に、朝鮮にいた第十七方面軍の将校たちは、現地で手に入れた美術品や、物資などを、密かに、本土へ運んで、戦後に備えていたと思いますね。敗戦になれば、軍隊は崩壊して、自分の身は、自分で守らなければならなくなりますからね」

「わかります」

3

「ただ、軍人が表だって、横領のために動く訳にはいかないので、その役目を民間人の藤安幸太郎にやらせたのです。彼らは、朝鮮あるいは中国大陸で手に入れた資金や美術品などを、終戦の八月十五日までに輸送機で本土へ運んでいたんです。私たちが調べた範囲では、十回近く、輸送機がソウルと本土の間を、作戦の打ち合わせと称して往復しています。その輸送機に乗っていた責任者の名前は、真田《さなだ》陸軍少佐。肩書きは陸軍高級参謀です。三名の部下が同行しているんですが、その中の一人が安藤《あんどう》という名前の中尉で、彼は、すべての打ち合わせに同行しています」

「安藤中尉ですか」

「『藤安』を逆にした『安藤』ですよ」

山本教授が笑った。

「その輸送機の積み荷には、藤安幸太郎が手に入れた美術品なども入っていた筈です」

「その中には問題の名器『朝の菊』もあった訳ですね？」

「断定はできませんが、充分に考えられますね。その後、その名器は京都の旅館『藤』の床の間に飾られていたのですから」

と、山本がいう。

「しかし、名器『朝の菊』は藤安幸太郎がどうやって手に入れたのかもわからないんでしょう？」

「調べましたが、わかりません。敗戦のどさくさに、本土に引き揚げる陸軍の将校が黙って持ち去ったのかもしれないし。とにかく満州とソウルで料亭旅館をやっていた藤安幸太郎が、どこかから『朝の菊』を手に入れて日本本土に持ち去ったことだけは、想像ができます」

「韓国は戦後独立した訳ですから、自国の美術品などの返還を日本に要求したんじゃありませんか？」

「昭和二十五年、終戦の五年後に朝鮮戦争が起こりましてね。韓国は、突然、北朝鮮軍に攻撃され、あっという間にソウルなどを奪われて、韓国軍は釜山の一角に追い詰められてしまいました。その後、アメリカを主力とする国連軍が反撃に出たり、それに対してまた、中国軍が参戦したりで朝鮮全土が戦火で荒廃しました。そのため、韓国政府も美術品の返還を要求するどころの話ではなかった。多くの死者が出たし、経済的には壊滅状態でしたからね。その後、日本からの〝経済援助〟を獲得し、それで経済復興に邁進《まいしん》したんです。その間、戦争中に日本軍に盗まれた美術品の問題は出てこなかった。それがようやく、韓国も、経済復興に成功した。そうなると、戦前あるいは戦時中に日本に奪われた美術品、特に名器といわれる『朝の菊』探しが始まったんじゃないか。そう思われますね。それがたぶん、十六年前の事件に、繋がったと私は思っています」

と、山本教授はいった。山本は、続けて、

「朝鮮戦争がなければ、十六年前の事件や今回の殺人事件も、起きていなかったと、思っています。昭和二十五、六年頃なら、まだ日本人は、韓国・朝鮮に対して、申し訳ないという気持ちがありましたから、美術品の返還を求められたら、損をしてでも、返還したと思うのです。それが朝鮮戦争で、おかしくなってしまった。何しろ、朝鮮戦争で、韓国人百三十万、中国人百万、北朝鮮人五十万、アメリカ人五万人が死んだといわれていて、その上、朝鮮全土が荒廃してしまいましたから。それで、日本は三十五年間の植民地支配の謝罪をこめて、援助金という名の賠償金を支払いました。そのため、韓国は、一時的に奪われた美術品のことを忘れ、日本人は、韓国に対して、謝罪する必要は、もうなくなったと思うようになったのです。そんな当時の日本人の意識が背景にあって、十六年前に、李韓国大使が殺されてしまったのでしょう」

「十六年前、李大使は、藤安幸平に対して『朝の菊』の返還を要求したと思いますか？」

と、十津川が、きいた。

「それは、要求したでしょうね。李大使という人は、日本人によって失われた韓国の美術品について調べていたといわれていますからね」

「その李大使は、殺されてしまいました。殺害の動機は、『朝の菊』だと思いますか？」

「今のところ、他に理由は考えられませんからね。しかし、それを調べるのは、十津川さんたちの仕事でしょう」

と、山本が、いった。

「今回の事件ですが、『朝の菊』の今の持ち主が、合田ファースト会長の合田恵太郎とわかったのですが、彼は殺されてしまいました。十六年前の事件で、『朝の菊』は失われてしまったんですが、それが、どうして、合田恵太郎の所有になったのか。先生は、どう思いますか？」

「前の持ち主が、合田恵太郎に売ったんでしょうね」

「十六年前に、盗んだ人間が、売ったとは考えられませんか？」

「李大使が殺された時、旅館に、盗人が忍び込んでいたという話でしょう？」

「そうです」

十津川はつづけて言った。

「網走刑務所で亡くなった男で、名前は堀友一郎です」

「面白い話ですが、その堀友一郎が『朝の菊』の値打ちを知っていたとは、考えにくいんじゃありませんか。確かに、韓国にとっては、国宝級の名器ですが、一見、地味な感じですからね」

と、山本は、いう。

「そうすると、息子の藤安幸平が、合田会長に、売ったということですか？」

「そうです。十六年前に、李大使が、客室の床の間に、『朝の菊』が飾ってあるのを見て、韓国に返せと要求したんだと思うのです。だが、藤安幸平は、それを拒否した。戦時中、父親が正当に金を払って手に入れたものだなどといって拒否したんでしょうね。しかし、そのことがあって、事件の日に、何者かにすりかえられたことにしたんだと思います。そうしておいて、合田恵太郎に、高く売りつけたんだと、私は考えていますよ」

と、山本は、いった。

「そうすると、十六年前に、李大使を殺したのは、藤安幸平ではないかと、思えてくるんですが」

十津川がいうと、山本は、手を小さく横に振って、

「私は、そんなことは、いっていませんよ。第一、それを調べるのは、十津川さんたちの仕事でしょう」

と、いった。

4

十津川は、更に、推理を広げていった。

自分ひとりでは、間違った推理をするおそれがあるので、片桐警部と二人で、推理を進めていくことにした。

その打ち合わせの時、片桐は、

「引き続き、旅館『藤』の当主・藤安幸平について、調べさせています」

と、十津川に、いった。

その言葉で、京都府警も、藤安幸平に疑いを持ちだしたことがわかった。

「これから私の勝手な推理を話しますから、何か疑問があれば、遠慮なく、ぶつけてください」

と、断って、十津川は、自分の考えを喋った。

「まず、私が、問題にしたいのは、旅館『藤』の当主・藤安幸平と、その父親、藤安幸太郎の親子です。特に、父親の幸太郎は、戦時中、満州と朝鮮に進出していますが、興味があるのは、ソウルで、高級将校相手の料亭旅館を経営し、現地の軍人と組んで、利権を手に入れていたこと。陸軍の一部には、敗戦のどさくさにまぎれて、朝鮮の美術品を強奪して、日本に持ち帰った者もいて、それを、藤安幸太郎が手助けしたらしいのです。その中に、名器『朝の菊』もあったと思えるようになりました」

「つまり、本当の所有者は、藤安の説明とは逆で、政治家の榊原ではないということですね？」

「片桐さんの考えは？」

「私も、そう思います。榊原友太郎は、有名な美術愛好家ですが、他人に貸したりはしないそうですから」

「十六年前の事件ですが、李大使は、日頃から、失われた美術品、特に、『朝の菊』を探していたので、京都の旅館『藤』に泊まった時、床の間に『朝の菊』を見つけて、驚いたと思うのです。そのあと、すぐ、持ち主の藤安幸平に、返還を要求したか、あるいは、念には念を入れて、滝川武史に相談するために旅館に呼んだかですが」

「私は、滝川武史を呼んで、相談したと思いますね。李大使は、慎重に行動したと思うのです」

と、片桐は、いった。

「滝川武史は、どう答えたと思いますか？」

「穏便にと、助言したと思いますね。滝川武史は、先祖が渡来人ながら、生け花の家元になっていますし、日本人の心情をよくわかっている立場と思いますからね」

「ところが、大使は逆に、当日のうちに、藤安幸平に、『朝の菊』の返還を要求したと、私は、思いますが」

「その点、同感です」

「藤安幸平は、多分、正当に手に入れたものだとして返還を拒否したと、私は考えます。理由は、両者にいさかいが起きてその夜のうちに、李大使が殺されたと思われるからです。これが正しければ、李大使を殺した犯人は、藤安幸平になってきます。動機はあったわけですから」

「殺したあと、彼は『朝の菊』が、盗まれたと公表したのです。自分に疑いがかかるのを防ぐためでしょう」

「そうしておいて密かに、『朝の菊』を、合田恵太郎に売りつけたと思いますね。この名器を自分が持っていたら危険だからか、単純に大金が欲しかったからでしょう」

「売りつけた相手の合田恵太郎が殺されました。この理由は、何だと思いますか?」

と、片桐が、きいた。

「藤安は、『朝の菊』を売りつけたとき、これは、きちんと金を払って元の持ち主から買ったものだと、説明したんだと思います。それが、今年になって、小林雄作の情報もあって、韓国政府から、『朝の菊』は、戦時中に、ソウルの美術館から、日本人が盗み出したものだから、直ちに返還せよと要求されたんだと思います。それで、合田会長は、藤安幸平を責めた。この事実を発表すると、いったのかもしれません。そのことに、危機を感じて、藤安が合田会長の口を封じようと殺してしまった。私は、ここにきて、そんなふうに考えるようになっています」

「軽井沢の別荘には、『朝の菊』のレプリカがあったと聞いていますが、あれは、誰が何のために置いたと思いますか?」

と、これは、片桐の質問だった。

十津川が、答える。

「合田会長は、絶対に、『朝の菊』を手放したくなかった。その意志表示として、レプリカを作ったんだと思います。韓国政府に返したくないから、本物を隠して、レプリカを身近に置くことを考えたんだと思います」

「しかし、韓国政府は、諦めずに、返還を要求したでしょうね」

「恐らく。そうなれば、合田は、ますます嘘をついた藤安幸平を、非難するでしょうから、藤安の方は、ますます、合田の口を封じたくなる。そのため、藤安は追いつめられて、合田を殺した可能性が出てきます」

と、十津川は、いった。

「小林雄作が襲われたことは、十津川さんは、どう考えますか？」

と、片桐が、更に、きいてきた。

「小林雄作は、最初、鉄道マニア、辺境駅マニアとして、私たちの前に現れたんですが、そのうちに、一連の事件に、絡んできた。当事者たちが、便利屋として、小林を使うようになったのではないかと思います。彼は、韓国にも、しばしば訪れていたようで、ソウルの美術館に、『朝の菊』を探してくれと頼まれたそうです。今回合田会長が、『朝の菊』の新しい所有者とわかったのも、小林雄作が、見つけたようです。だとすると、小林が、この件について、当事者に金銭を要求し、それがこじれて、狙われたことも考えられます」

と、十津川は、いった。

二人は、十六年前と、今回起きた事件について、話し合い、自分の考えを披露したが、問題は、十六年前の李大使殺害、今回の合田恵太郎殺害、そして小林雄作襲撃事件、この三件の犯人が、誰かということである。

容疑が、一番強いのは、旅館「藤」の当主、藤安幸平だった。

十津川と片桐警部の二人は、旅館「藤」を訪ね、当主の藤安幸平に、話をきくことにした。

5

京都には、何軒も、老舗の和風旅館があり、観光客、特に外国人に人気がある。「藤」も、その一軒である。

西陣にある「藤」を訪ねると、改めて、和風旅館に、十津川は、その良さを感じる。低く構えた平屋建てで、客室の一部は、離れの構造である。そして、打ち水された玄関。

　十津川たちの質問に対して、藤安幸平は、次のように答えた。その態度は、落ち着いていた。

「十六年前の事件の時にも、お話ししましたが、問題の『朝の菊』は、うちの物ではなく、政治家の榊原友治先生からお預かりしていた物なんですよ。そろそろ、お返ししなければいけないなと思っていた時に、あの事件が起きましてね。肝心の『朝の菊』は何者かに盗まれてしまいましたし、うちの旅館に泊まっていただいていた韓国大使の方も、殺されてしまった。けれど私とは直接は関係のないことなんです」

「そうすると、十六年前に『朝の菊』は何者かに盗まれた訳ですが、盗んだのは誰だとお思いですか？」

　片桐警部がきいた。

「あの時、堀友一郎とかいう泥棒がうちの離れに忍び込んでいたと聞いていますから、その男が韓国大使を殺して『朝の菊』を盗み取ったのではないか、私はそう考えております」

「今回、問題の『朝の菊』を合田ファーストの合田会長が持っていることがわかって、韓国から返還を要求されていたと聞いています。ところが、合田会長が軽井沢の別荘で殺されてしまいました。この事件について藤安さんはどう思われますか?」

今度は、十津川がきいた。藤安は大きく手を横に振って、

「困りますね。誤解されているようで。今も申し上げたように、今から十六年前にあの『朝の菊』は私の物ではなく、榊原さんの物であって、それに、あの時に何者かに盗まれてしまった。つまり殺人も『朝の菊』も私と私の旅館『藤』とは何の関係もなくなってしまっているんですから、それについて意見を求められても困りますね」

と、いった。

「しかし、合田ファーストの合田会長に『朝の菊』を売ったのは、藤安幸平さん、あなただという話があるんですが、その噂については、どう思われますか?」

と、片桐警部がきいた。藤安はまた、大きく手を横に振って、

「そういうでたらめをいわれても困りますね。何回もいいましたように、私とは十六年前にあの『朝の菊』は関係がなくなったんですよ。もし関係があるというのなら、合田会長にきいてもらえませんか」

と、いう。

片桐は笑って、

「合田さんはもう、死んでいますよ」

「だから困るんですよ。せっかく証人がいたのに、私の為には証言できないんですから」

「合田会長とは親しかったんですか？」

十津川がきいた。

「合田さんが全国展開しているファーストフードの店は、京都にもありますからね。京都にお泊まりになる時には、うちの旅館を使っていただくこともありまして、その時にはお話もしていましたよ。お互いの商売が似ていますから」

「そんな時は、どんな話をしたんですか？」

「商売の話ですよ。合田会長は店を増やして全国展開しようとする。私の方は古い旅館を京都で守ってゆく。その違いはありますが、仕事に熱心なことはお互い様だと思っていました。だから合田さんを尊敬していましたよ」

と、藤安幸平はいった。

「ところで、問題の『朝の菊』ですが、売買するとしたら、どのくらいなんでしょうか？」

十津川がきいた。

「私にはわかりませんよ。何回もいいますけどね、私の物じゃなかったんだから」

少し怒ったような口調で、藤安幸平がいった。片桐警部がいった。

「念の為に調べてもらったところ、何しろ世界に二つしかないものですし、韓国の国宝級ですからね。欲しい人がいれば十億でも二十億でも払うんじゃないか。一番高い値段なら、百億でもいくんじゃないか。そんな声も聞こえますよ」

そこで、十津川が藤安幸平に、皮肉をいった。

「あれがあなたの物で、あなたが合田会長に売ったとすれば、あなたは百億円儲かったかもしれない訳ですよね」

「私は、この際きっぱりといいますがね。私はあの『朝の菊』で一銭も儲けていません」

相変わらず怒ったような口調で、藤安幸平がいった。

6

藤安幸平と別れて二人だけになったところで、十津川は片桐警部にいった。

「百億円の価値ありといった時の藤安幸平の顔色、見ましたか？」

「ええ、見ましたよ」

「どう思いました？」

「もし、合田会長に藤安幸平が『朝の菊』を売ったとすれば、安く売ってしまったので、私が百億円といった時にしまった、損したと思って顔色を変えたのか、それとも逆に百億円前後で売ったので、どきっとしたのか」

「私は、どきっとした方に賭けますね」

十津川がいった。

二人はその足で旅館「藤」を管轄している上京《かみぎょう》税務署へ行った。旅館「藤」が毎年納めている税金の額を、十六年間にわたって教えてもらう為だった。最初は断られたが、片桐警部が殺人捜査の為というと上京税務署が、株式会社旅館「藤」の過去十六年間の売上額を、見せてくれた。

毎年、二十億円前後で、安定している。それが、今から十年前に突然、八十億円にはね上がっている。そして、突然そこまで上がった理由について書かれていた。

「家宝の美術品等の譲渡所得」

それを見て、片桐警部がにっこりして、

「見つけましたね」

十津川にいった。

この後は、一気呵成《いっきかせい》にいった。今度は合田ファーストの東京本社に行き、合田会長の秘書に会った。その秘書にきくと、合田会長の個人的な経理は、全部自分が任せられているという。そこで十津川がきいた。

「毎年、どのくらいの買い物を合田会長は個人的にされておられたんですか？」

「そうですね、意外に慎ましやかで、自分の為に使うお金はだいたい年間、二、三億円です。ただ、骨董《こっとう》、美術品収集の趣味をお持ちなので、時には、大きな買い物をされることがあります」

「今から十年前に、突然大きな買い物をされていませんか？」

片桐警部がきいた。合田の秘書はにっこりとして、

「よくおわかりですね。十年前に突然、びっくりするような大きな買い物をなさっているんですよ」

「それを是非、教えてください」

と、十津川がいった。

「世界に二つしかないという、韓国の至宝といわれる酒器を手に入れたと言われま

して。この年は合田会長の支出が百億円に増えています」

「それはつまり、『朝の菊』という名器を会長が自分のポケットマネーで買われた訳ですね」

「そうです。これは自分の趣味での買い物だから、会社の金は使えないといわれましてね」

「誰から買ったのか、いわれましたか？」

「いや、これを売ってくれた人が個人的に手に入れた物だから、できれば自分の名を出さないでほしい、そういわれたので秘書の私にも、相手の名前は教えてもらえませんでした」

「そうすると、今もわからない訳ですか？」

「いや、私も尋常じゃない買い物なので、心配になり勝手に調べてみました。が、なかなかわからなかったのですが、今回、合田会長が殺され、その遺品を調べていたら手帳が見つかりましてね。毎年一冊ずつ手帳に日記も付けておられたんですが、今から十年前のところを見ると、百億円近い美術品を買った。購入先の名前として、京都の有名旅館『藤』の当主の藤安幸平さんの名前が書かれていました。ですから売り主は藤安幸平さんに間違いありません」

秘書がきっぱりといった。

十津川も、片桐警部も、これで捜査は一歩前進と思ったのだが、問題は「朝の菊」の本物のことだった。

軽井沢で合田会長が殺された時、現場には「朝の菊」はなかった。そこにあったのは、レプリカだった。本物が見つからなければ、捜査はここで切れてしまう。十津川はまた東京に戻り、韓国大使館に話を聞きに行った。

現在の駐日韓国大使は、話をするのを嫌がった。殺人事件が絡んでいるからである。しかし、最後にはこう話してくれた。

「韓国政府としては、名器『朝の菊』を日本人の合田恵太郎さんが持っているのを知って、正式に返還を要請しました。最初、合田さんはあれは正式な手段で戦時中に日本政府が買った物だから、無償で引き渡す訳にはいかないといっていたんですが、その合田さんが亡くなってしまったので、その後どうなったのか心配していたのですが、二日前、突然、実物が大使館に届いたんですよ。それには、合田さんの手紙が添えられていました。『自分は騙された。この「朝の菊」は正当な手段で日本が手に入れた物だと思っていたがそれが間違いだとわかりました。これは、敗戦のどさくさに紛れて日本人が、ソウルの美術館から盗み出した物でした。申し訳ない。謝罪して、この名器を韓国にお返しいたします。ただ、このことは日本の恥になるので口外しないでほしい』。そういう手紙でした。それが気になっていたので、今まで黙っていたのですが、殺人事件の捜査ということなのでお話ししました」

そういって、合田会長の手紙も韓国大使は十津川たちに見せてくれた。

最後は、殺人現場にあった「朝の菊」のレプリカである。それを作らせたのが合田会長ではなく、本物を我が物にしようとした藤安幸平だとわかればこの捜査は完璧なものとなる。そこで、そうした美術品の模造品を作っている銀座の工房に、これは、十津川だけで訪ねていった。

工房の責任者は、最初は依頼主の名をいうことを拒否した。しかし殺人事件について、それも二人の殺害、韓国大使と合田ファースト会長の殺人が絡む事件というと、やっと依頼主の名前をいってくれた。藤安幸平ではなかった。十津川も藤安本人が注文をしに来るとは思わなかった。別人の名前だったが、その名前を調べていくと旅館「藤」で働いていたことがある人物とわかった。

その名前の人間に会いにいくと、観念したように、

「旅館『藤』の当主に頼まれて、銀座の工房に行ってレプリカを作ってもらった」

と証言した。十津川はそれを、京都府警の片桐警部に、電話で知らせた後、

「これで完璧になりました」

と告げた。

翌日、逮捕状を持って警視庁と京都府警の刑事たち、合計十人が旅館「藤」の当主、藤安幸平の逮捕に向かった。

藤安は観念して、もう抵抗もしなかったし、弁明もしなかった。

事件は解決したのである。

その後、慰労会で片桐警部が十津川にいった。

「これで少しは日韓関係も良い方向に向かうでしょうか」


（おわり）

解説

山前　譲

ミステリーになんらかの〈秘密〉が関係していることは、誰もが意識しているに違いない。たとえば動機である。誰も気付いていない秘密の動機によって行われた犯罪ならば、犯人は捜査の対象外になるはずだ。犯人だけが知っている秘密のトリックによって行われた犯罪ならば、その解明はじつに難しい。

そしてどうやらミステリーだけではなく、人間は〈秘〉にそそられるようだ。たとえば旅に関係するものなら、秘境とか秘湯が挙げられる。もちろん人気の観光地を楽しむ人は多いだろうが、〈秘〉が冠された観光地にはよりスペシャルな旅の雰囲気がプラスされているような気がする。

鉄道の世界で二十世紀の終わりから注目されるようになった〈秘〉は、秘境駅である。厳密な定義があるわけではないけれど、周囲の自然環境が厳しくて近くに人家がないとか、駅までのアクセスがとんでもなく大変だとか、停車する列車が極めて少なくて駅に降りること自体が難しいとか――ようするにまるで秘境のような駅のことだ。

「本の窓」（二〇一八年三月〜二〇一九年七月）に連載され、二〇一九年十一月に小学館から刊行されたこの長編は、タイトルにあるとおり、そんな秘境駅がまずミステリーとしての興味をそそっていく。

　十津川警部は無期懲役で服役している堀友一郎に呼びだされ、網走刑務所へと向かう。なんの関係もないと思っていたが、実は十五年前にちょっとした接点があったことが分かる。そしてやはり十五年前、仙山線の八ツ森駅で知り合った愛《めぐみ》という少女を探してほしいと、彼は十津川に頼むのだった。堀が余命幾ばくもないと知ると、十津川はすぐに仙台へと向かう。だが、八ツ森駅は既に廃駅となっていた。やむなく作並駅で降り、そこで声をかけてきた鉄道マニアの男の案内で廃駅へ……。

　仙山線は宮城県仙台市と山形県山形市を結ぶ五十八キロの路線である。全線が開通したのは一九三七年十一月だ。日本初の交流電化が行われた路線とのことである。山寺の通称で知られる宝珠山立石寺《りつしやくじ》や仙台の奥座敷と称される作並温泉が、沿線の観光地として全国的に知られている。

　この長編でまず舞台となっている八ツ森駅は、作並駅のひとつ山形寄りに位置し、全線開通と同時に仮乗降場として設けられた。近くにあったスキー場の利用客のためだったという。そのスキー場が一九七〇年に廃止されると乗降客は減っていく。一九八七年に臨時駅に昇格したものの、二〇〇二年には停車する列車がなくなり、とうとう二〇一四年に廃止されてしまう。

仙山線に初めて乗ったのは昭和の終わりである。「美女づくりの湯」とも言われている作並温泉の老舗《しにせ》旅館に一泊し、翌日は山形へ向かい、山寺駅で降りて宝珠山立石寺の奥ノ院までまさに青息吐息で登った。初夏だったが、松尾芭蕉の有名な俳句「閑《しずか》さや岩にしみ入る蟬の声」を思い浮かべる余裕はまったくなかった。

この行程なら当然、八ツ森駅に停車するか通過する電車に乗ったはずだが、この駅の記憶はない。もっとも、八ツ森駅に駅舎はなかったというのだから、それほど責められることではないだろう。

その後、山形新幹線が東京・山形間で開通した一九九二年、仙台からわざわざ迂回して山形から乗車したときにも、仙山線を利用したのだが、やはり八ツ森駅の記憶はない。とはいえ、こんなふうにかつての旅に思いをめぐらせる機会をもたらしてくれるのもまた、トラベルミステリーの大きな魅力なのだ。

秘境駅はそれこそ全国にあるに違いない。それをセールスポイントにしている鉄道会社は色々あるが、一番有名なのはＪＲ東海の飯田線ではないだろうか。沿線に秘境駅が多く、二〇一〇年から臨時急行「飯田線秘境駅号」を運行して人気を呼んでいる。西村作品では『飯田線・愛と殺人と』でその沿線風景がたっぷりと描かれていた。

八ツ森駅まで案内してくれた男、小林雄作は、堀が捜している少女は、かつて秘境駅巡りで知り合った山中愛ではないかと十津川に示唆する。十津川と亀井は老人ホームで働いている愛に会うが、彼女は堀を知らないと言うのだった。そこから物語はなんと、十六年前、京都で起こった韓国大使が殺された未解決事件へと展開していく……。

オリジナル著書が六百冊を超えている西村作品には、本書以前にも韓国に関係した長編が書かれている。『韓国新幹線を追え』では在日韓国人三世のイ・シンジョンが絞殺された事件を十津川らが捜査している。彼女は近く予定されている政府特使の韓国訪問時に通訳を務めることになっていた。そしてソウル市内では日本人女性の殺人事件が――。十津川警部と亀井刑事は韓国に渡るのだ。そして営業速度が三百キロメートルを超える韓国高速鉄道、KTXに乗っている。

『十津川警部、海峡をわたる　春香伝物語』は祭りの最中に発生した、若い女性が被害者となっての何件かの殺人事件の謎解きだ。それは同一犯によるものではないか。十津川は次の犯行場所が韓国だと推理して、海を渡る。そして、韓国の南原《ナムウオン》市で開催される「春香祭」のさなか、殺人犯と対峙するのだ。

一方、外国の要人が関わった事件もこれまで書かれている。『南紀オーシャンアロー号の謎』はアメリカの次期駐日大使一家を乗せた京都発の特急が乗っ取られ、高額な身代金が要求された事件だった。なんとその列車には十津川の妻も乗車していた！　そのスリリングな展開は西村作品ならではのものだ。『古都千年の殺人』は京人形に仕掛けられた爆弾による殺人事件が発端だった。来日中のカナダ副首相夫人が誘拐されている。動機が京都と密接に関係したものだけに、やはり京都を舞台にした本書と合わせて読むといっそう興趣が湧くだろう。

『「ななつ星」一〇〇五番目の乗客』はJR九州が運行している豪華な列車が、一種の密室となっての事件だ。九州の観光名所を巡るその列車は大きな話題となったが、乗車していた次期アメリカ駐日大使が消えて十津川警部の登場となる。作者の歴史への興味が窺《うかが》える長編だ。

こうした多彩な西村作品の、そして十津川警部の活躍のすべてを簡単に語ることはできない。その作品世界は宏大である。新作はもう叶わなくなってしまったけれど、楽しみはまだまだ残されている。秘境駅訪問から幕を開ける本書『十津川警部 仙山線〈秘境駅〉の少女』の、思いもよらない十津川警部の捜査行にも翻弄されるに違いない。

（やままえ・ゆずる／推理小説研究家）

本書のプロフィール

本書は、二〇一九年に小学館より単行本として刊行された同名作品を加筆改稿し、文庫化したものです。

小学館文庫

十津川警部《とつがわけいぶ》
仙山線《せんざんせん》〈秘境駅《ひきょうえき》〉の少女《しょうじょ》

著者　西村京太郎《にしむらきょうたろう》

二〇二二年六月十二日　初版第一刷発行
二〇二三年三月六日　第二刷発行

発行人　石川和男
発行所　株式会社 小学館
〒一〇一-八〇〇一
東京都千代田区一ツ橋二-三-一
電話　編集〇三-三二三〇-五八一〇
販売〇三-五二八一-三五五五
印刷所――――図書印刷株式会社

この文庫の詳しい内容はインターネットで24時間ご覧になれます。
小学館公式ホームページ　https://www.shogakukan.co.jp

ISBN978-4-09-407154-2